小企鹅世界少儿文学名著

义犬博比

[美]埃诺莉·阿特金森◎著　　吴燕红◎编译

天津出版传媒集团

天津人民出版社

图书在版编目（CIP）数据

义犬博比 /（美）埃诺莉·阿特金森著 ; 吴燕红编
译 . -- 天津 : 天津人民出版社 , 2017.3（2019.5 重印）
（小企鹅世界少儿文学名著）
ISBN 978-7-201-11472-9

Ⅰ . ①义… Ⅱ . ①埃… ②吴… Ⅲ . ①长篇小说—美
国—现代 Ⅳ . ① I712.45

中国版本图书馆 CIP 数据核字 (2017) 第 046833 号

义犬博比
YIQUAN BOBI

出　　版	天津人民出版社	
出 版 人	刘　庆	
地　　址	天津市和平区西康路 35 号康岳大厦	
邮政编码	300051	
邮购电话	（022）23332469	
网　　址	http://www.tjrmcbs.com	
电子信箱	tjrmcbs@126.com	

责任编辑　李　荣
装帧设计　映象视觉

制版印刷　三河市同力彩印有限公司
经　　销　新华书店
开　　本　710×1000 毫米　1/16
印　　张　10
字　　数　80 千字
版次印次　2017 年 3 月第 1 版　2019 年 5 月第 3 次印刷
定　　价　29.80 元

　　文学作品浩如烟海，而经典名著是经过岁月的冲刷之后留下的精华，每一部都蕴藏着深厚的文化精髓，其思想价值和文学价值是无法估量的。经典名著是人类宝贵的精神财富，贯穿古今，地连五洲。少年儿童阅读经典名著，可以培养文学修养、开阔视野、增长见识、树立正确的人生价值观。从儿童时期养成良好的阅读习惯，可以受益终身。

　　经典名著是人类智慧的结晶，经常读书的人，会散发出一种与众不同的气质，这种气质会在人们的生活中潜移默化地显露出来。儿童时期是塑造良好气质的重要阶段，阅读优秀的经典著名文学作品可以让人心旷神怡，陶醉在文学大师的才华之中，对塑造良好的气质有很大帮助。

　　随着教育的不断改革，教育部也对教学大纲进行了适当调整，调整后的教学大纲更加适应时代发展。全新的教学大纲更加注重

塑造少年儿童的文学修养，提升少年儿童的语文水平。因此，我们特别推荐了很多经典名著作为孩子们的课外读物。

为了能够让少年儿童更好地阅读与理解经典名著中的内容，我们精心挑选了少年儿童必读的几十部经典的国外文学名著汇集成此套丛书。该系列丛书共计60本，其中包含了内容丰富的传世佳作、生动有趣的童话故事以及饱含深情的经典小说，相信少年儿童在这个五彩斑斓、琳琅满目的文学海洋中，一定能够获取更多的精神财富。

我们在编写此套丛书时，将文学巨匠的鸿篇巨制，力求在不失真的情况下，撰写成可读性更强的短篇故事，更适合少年儿童阅读。与此同时，我们还遵循了文学鉴赏性的原则，对每一部经典名著都进行了深入的剖析，深入浅出地引导少年儿童了解这些经典文学名著的精髓，让少年儿童可以更加深入地理解名著想要表达的内容和现实意义。希望我们的系列丛书可以成为少年儿童的生活伴侣，成为将来攀登事业高峰的阶梯！

目录

CONTENTS >>

义犬博比
YIQUAN BOBI

第一章　短暂的分离

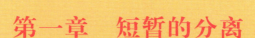

在爱丁堡，小狗博比和他的主人老约克相依为命。可是有一天，农场主要把它带走，小博比会跟从他吗？

xiǎo bó bǐ měi cì tīng dào ài dīng bǎo bào shí pào de shēng yīn dōu huì xià de hún
小博比每次听到爱丁堡报时炮的声音都会吓得浑

shēn chàn dǒu　yīn wèi tā xiǎo shí hou cóng lái méi yǒu tīng guò rú cǐ jù dà de shēng
身颤抖，因为它小时候从来没有听过如此巨大的声

xiǎng　zhè yàng de shēng xiǎng ràng xiǎo bó bǐ yì shēng dōu nán yǐ wàng jì　jǐn guǎn zhè
响。这样的声响让小博比一生都难以忘记，尽管这

yàng　xiǎo bó bǐ hái shi xǐ huan tīng dào bào shí pào de shēng yīn　yīn wèi měi cì bào shí
样，小博比还是喜欢听到报时炮的声音，因为每次报时

pào xiǎng guò hòu　dōu huì yǒu xìng yùn de shì qing fā shēng
炮响过后，都会有幸运的事情发生。

zhōu mò zǎo chen　xiǎo bó bǐ hé tā de zhǔ ren lǎo yuē kè yì qǐ cháo gé lā
周末早晨，小博比和他的主人老约克一起朝格拉

sī shì chǎng de fāng xiàng zǒu qu　tā men lù guò shì chǎng dōng cè de kǎo gài tè jiē
斯市场的方向走去。他们路过市场东侧的考盖特街，

这条街的上方是一座非常宏伟的乔治四世大桥，它的光芒把整条街都照亮了。

大桥的南面是一座名字叫格雷夫利亚斯的教堂，这座教堂始建于安妮女王时代。

从小博比出生开始，这里的辉煌就不复存在了。

从乔治四世到格雷夫利亚斯附近的地方，现在都变成了墓地和高墙。

报时炮响起之后，所有的商户基本上在五分钟之内就都关门了。整个世界好像片刻间就安静下来了，就连乞丐和小偷都躲到考盖特桥下。

老约克听到午饭报时炮的声音，总是习惯性地带着小博比来到一家整洁的小酒馆。他们坐在火炉旁的角落里，这里有个窗户，透过这个窗户就能清楚地看到教堂那边的墓地。

这块墓地的大门上清晰地写着：犬类禁止入内。小

博比现在从这里经过的时候，都会非常 谨慎(指对外界事物或自己言行密切注意，以免发生不利或不幸的事情)，因为它之前受过教训。

一天，小博比在追赶一只调皮的野猫。它看到野猫跑到墓地里，刚好墓地的大门也半开着，于是就 闯了进来。它跟随野猫的脚步，跳进了赫里奥特学院，刚好有上百名学生 正在操场 上玩游戏。男孩子们看到

如此可爱的小狗，就开心地跟它玩了起来，小博比玩得
也非常开心。

可是，悲剧就要发生了。墓地的守门人詹姆
斯·布朗先生听到里边传来欢声笑语的声音，就
生气地冲了进来，小博比刚好被逮个正着。老约克
过来认领它的时候，守门人把老约克骂得抬不起头。老
约克为人向来非常老实，并且这也的确是小博比的错，
所以他只能忍气吞声(指受了气勉强忍耐，有话不敢
说出来)。小博比心疼主人，就上前一口咬住了守门
人的腿。守门人大声呼救，引来了众多围观者。老约
克觉得事情不妙，就立马带着小博比逃走了。

小博比虽然不理解这件事情，但是它知道这件事
情会让自己的主人受到侮辱，于是以后再遇到顽皮的
野猫，它只会睁一只眼闭一只眼。

老约克和小博比虽然性格不同，但是他们相处得

非常融洽。在那个整洁的小餐馆里，

小博比总是会乖乖地吃着老约克剩下

的鱼块。它虽然从来都不挑食，可是

老约克知道它最喜欢骨头。所以，他

每次总是特意给小博比买一根骨头。

十一月份的一天，农场主驾着马车

来到老约克所在的农场，这次他在这里

住了好久。当他准备驾车离开的时候，

小博比看到华丽的车子就心动了，在车

子出发的前一秒，它迅速跳上去。农

场主顺利将它带走了，从此它就和老

约克分离了。小博比坐在车上，开心地

欣赏着四周的风景，它还没有意识到

自己要和老主人分离。他们翻山越岭

（翻越很多山头和丘岭，形容路途遥

虽然老约克没什么钱，也要给小博比买骨头吃，这一人一狗感情深厚，让人感动。

（远、艰苦）继续前行，农场主跟小博比说："小狗，你马上就可以来到一个新家，在新家你可以跟奶牛睡在一起，并且我保证你再也不想回到老约克那里。"

小博比虽然跟老约克生活得非常简朴，但是它却非常开心，也不愿离开。

小博比似乎听懂了农场主的话，它满眼泪水地望着车窗外。它最终决定跳车，回去寻找老约克，因为

它坚信自己可以通过嗅觉回到原来的家。在它逃跑的那一刻，农场主惊呆了，他探出头大声呼喊小博比的名字，可是小博比头也不回地跑走了。

小博比沿着来时的路走了好久，终于找到一条可以回到格拉斯广场的近路。它经过长途跋涉（指路途遥远的翻山渡水）已经筋疲力尽，可是一想到马上就能见到老约克，它就有动力继续前行了。

它来到老约克经常待的胡同，希望能在这里找到老约克，可是它把这里找遍了都没有看到主人的踪影。这个时候报时炮响了，它凭借以往的经验，料定老约克一定在小餐馆用餐。

街上的人都渐渐散去了，小博比顾不上夸奖自己聪明，它加快脚步走进小餐馆，迅速找到它跟老约克经常坐的座位，可是这次坐在这里的并不是老约克。它焦急地转身离去，可是餐馆的厨师约翰·特尔先生却

yì bǎ zhuā zhù tā
一把抓住它。

yuē hàn tè ěr xiān sheng yǒu hǎo de duì tā shuō
约翰·特尔先生友好地对它说：

xiǎo bó bǐ wǒ cāi nǐ shì xiǎng yào chī gǔ tou le duì
"小博比，我猜你是想要吃骨头了对

bu duì lǎo yuē kè shì bu shì gěi nǐ qián ràng nǐ zì
不对？老约克是不是给你钱让你自

jǐ lái mǎi lǎo yuē kè zài nǎ lǐ tā zěn me bù gēn
己来买？老约克在哪里，他怎么不跟

nǐ yì qǐ ne
你一起呢？"

yuē hàn tè ěr xiān sheng de huà ràng xiǎo bó bǐ
约翰·特尔先生的话让小博比

jīng huāng bù yǐ tā yì shí dào zhǔ ren zhēn de bú jiàn
惊慌不已，它意识到主人真的不见

le lì kè zài cì fǎn huí jiē dào shang zǐ xì xún zhǎo
了，立刻再次返回街道上仔细寻找。

xiǎo bó bǐ yì zhěng tiān dōu zài dào chù xún zhǎo zì jǐ
小博比一整天都在到处寻找自己

de zhǔ ren tā jīng guò hǎi yī dà jiē gǔ lǎo de zhōng
的主人。它经过海伊大街，古老的钟

lóu shang chuán lái yōu měi dòng tīng de yuè qǔ dàn shì tā
楼上传来优美动听的乐曲，但是它

sī háo méi yǒu zhù yì yì zhěng tiān dōu méi yǒu chī fàn de
丝毫没有注意。一整天都没有吃饭的

xiǎo bó bǐ yě sī háo gǎn jué bú dào jī è zhí dào zhǎo
小博比也丝毫感觉不到饥饿，直到找

dào lǎo zhǔ ren zhī hòu tā yě háo wú jī è gǎn
到老主人之后，它也毫无饥饿感。

小博比已经全神贯注地投入到了寻找主人这件事中，这使它完全忘记了饥饿这件事，可见小博比对主人老约克有着深深的牵挂。

小博比之所以能够顺利找到老约克，还要感谢那只从餐馆后面溜出来的老鼠。小博比跟在老鼠后面，想要看看老鼠究竟要去哪里，结果它在一堆垃圾堆旁边找到了老约克。老约克面容憔悴（指黄瘦；瘦损；瘦弱无力脸色难看的样子），蜷缩在垃圾堆旁边睡着了。小博比看到他兴奋不已，可是它叫了很久，老约克都没有睁眼。小博比的叫声惊扰到了周围的居民，他们纷纷出来痛骂它。

小博比非常无奈，只好换一种方式。它跳到老约克身上，用舌头舔着他的脸，并且在他耳边继续叫着。老约克以前从来没有睡得这么沉，不过幸好小博比的方法奏效了。老约克从沉睡中醒来了，他渐渐意识到小博比不应该出现在这里，它应该在农场主家才对，于是就斥责小博比说："你回来干吗？现在跟着我，你是要吃苦的。"

听到老约克训斥自己，小博比像个犯错的小孩一样低下了头。谈话结束后，小博比按照惯例(是指通常方法，习惯做法，常规办法，一贯的做法)，乖乖地窝在老约克身旁睡着了。其实，老约克非常喜欢小博比陪在自己身边，看到小博比如此黏自己，内心难免就脆弱起来了。他伤心地对小博比说："我今天身体非常的

bù shū fu　　nǐ zhī dao ma　　wǒ de hái zi
不舒服，你知道吗？我的孩子。"

　　dāng lǎo yuē kè yòng gǔn tàng de shǒu qù fǔ mō xiǎo bó bǐ de shí hou　　jí biàn
　　当老约克用滚烫的手去抚摸小博比的时候，即便

xiǎo bó bǐ shì yì zhī gǒu　　tā yě néng yì shí dào zhǔ ren shēng bìng le　　rú guǒ
小博比是一只狗，它也能意识到主人生病了。如果

xiǎo bó bǐ shì rén de huà　　tā yí dìng huì bǎ zhǔ ren dài huí jiā　　rán hòu bāng zhǔ
小博比是人的话，它一定会把主人带回家，然后帮主

ren qǐng dài fu　　kě shì　　tā què bù jù bèi zhè yàng de néng lì　　tā wéi yī néng
人请大夫。可是，它却不具备这样的能力，它唯一能

zuò de jiù shì hǎo hǎo péi bàn zài zhǔ ren shēn biān
做的就是好好陪伴在主人身边。

　　xiǎo bó bǐ gēn lǎo yuē kè shēng huó fēi cháng jiǔ le　　guān yú zhǔ ren de　xí
　　小博比跟老约克生活非常久了，关于主人的 习

xìng
性(在某种条件或环境中长期养成的特性)，小博比

néng gòu zuò chū zhǔn què de pàn duàn　　tā duàn dìng xiàn zài zhǔ ren yì diǎn lì qi dōu
能够做出准确的判断。它断定现在主人一点力气都

méi yǒu　　suǒ yǐ jiù suàn tā dù zi è de gū gū jiào　　tā dōu méi yǒu qù dǎ rǎo
没有，所以就算它肚子饿得咕咕叫，它都没有去打扰

lǎo yuē kè　　ér shì kào zhe zhǔ ren mò mò de shuì zháo le
老约克，而是靠着主人默默地睡着了。

名师点拨

　　农场主可以给小博比带来更优越的生活，可是
它却选择了逃回去寻找它原来的主人。在现实生活
中，我们也应当做一个不忘本的人，对爱我们的家
人不离不弃。

第二章　老约克生病了

原来，老约克是因为自己生了严重的病，为了不牵连小博比，才无奈地抛下了它。老约克会去主动看病吗？他还会把忠诚的小博比托付给别人吗？

lǎo yuē kè hé xiǎo bó bǐ yī jiù zài lā jī duī páng biān shuì zháo　zhè ge shí
老约克和小博比依旧在垃圾堆旁边睡着，这个时

hou tū rán xià qǐ le qīng pén dà yǔ　lǎo yuē kè bèi yǔ lín de shuì bú tà shi
候突然下起了倾盆大雨，老约克被雨淋得睡不踏实，

ér xiǎo bó bǐ zé shū fu de jì xù shuì zhe
而小博比则舒服地继续睡着。

yīn wèi xiǎo bó bǐ de máo bǐ jiào nóng mì　suǒ yǐ jí biàn yǔ fēi cháng dà
因为小博比的毛比较浓密，所以即便雨非常大，

tā yī jiù kě yǐ bǎo chí shū shì de tǐ wēn　dàn shì lǎo yuē kè què dòng de sè sè
它依旧可以保持舒适的体温，但是老约克却冻得瑟瑟

fā dǒu
发抖（指因寒冷或害怕而不停地哆嗦）。

xiǎo bó bǐ zhǎng zhe yì shēn cháng cháng de juǎn máo　tā jì chéng le shī zi
小博比长着一身长长的卷毛，它继承了狮子

狗的优良基因，忠诚于自己的主人。也正是由于这一点，小博比才甘愿克服长途跋涉的辛苦，重新回到主人身边。

　　老约克是一个瘦小的男人，他在野外从事牧羊工作将近五十年，之后的二十年一直在爱丁堡待着。他是一个实在人，工作的时候总是非常勤奋(认认真真，努力干好一件事情，不怕吃苦，踏实工作)，并

且甘愿做那些最脏最累的活，但是他的收入却非常少。他没有家室、没有亲人，也没有房子，他的名字也很少有人知道。大家见他的时候，总是喜欢称呼他约克，只不过现在变成了老约克。

本来这里的人对老约克是很冷漠的，连他的名字都不知道。因为小博比，人们对他的态度发生了变化。

老约克和小博比就这样躺在这里，一会睡过去，一会醒过来。最终，老约克突然站起来，步履维艰（指行走困难行动不方便）地向市场走去，小博比急忙尾随在主人身后。

下雨的晚上，街上总是行人稀少，老约克踉踉跄跄（走路歪歪斜斜的样子）地走着，小博比跑在主人的前面引路。他们淋了许多雨，走了许多路，终

于来到广场上的一排小店门前。

特尔先生的餐馆这个时候非常安静。他一个人坐在火炉旁取暖，火烧得非常旺。在这种情况下，他非常希望有一位客人能够过来用餐，然后顺便陪他说说话。特尔先生看到老约克和小博比，立马表现得比往常更加亲切，急忙招待他们进去，然后又向火炉中加了许多碳，想要用这份温暖留住这两位客人。

当他转身的时候，才注意到老约克浑身发抖。

"老伙计，你怎么搞的，浑身都湿透了。赶快把衣服换下来，放在壁炉上烤烤，再这样下去一定会生病的。"特尔先生着急地说。

老约克在壁炉旁边暖和了很久，终于开口说："今晚的天气真不好，雨大雾也大。"

"今晚的天气是我见过的最糟糕的天气！"特尔先生一边回答老约克的话，一边忙着给老约克

zhǔn bèi shí wù
准备食物。

tè ěr xiān sheng de cān guǎn shì lǎo yuē kè hé xiǎo bó bǐ jīng cháng chū rù de
特尔先生的餐馆是老约克和小博比经常出入的

dì fang suǒ yǐ xiǎo bó bǐ zài zhè li jiù xiàng zài zì jǐ jiā yí yàng tā jiāng
地方，所以小博比在这里就像在自己家一样，它将

shēnshang cán liú de yǔ shuǐ dǒu diào rán hòu kāi
身上残留（指剩余下来；留下）的雨水抖掉，然后开

xīn de wán shuǎ zhe tè ěr xiān sheng mìng lìng xiǎo bó bǐ bù xǔ luàn pǎo zuò
心地玩耍着。特尔先生命令小博比"不许乱跑，坐

下！"小博比虽然听懂了，但是它并没有按照特尔先生说的做，因为它的主人并没有这样命令它。

特尔先生看到老约克非常疲惫（指极度疲劳），就特意在壁炉旁边给他准备了一张椅子，并且叮嘱他把全身的衣服都换一下。他看到老约克没有回应，就转移话题说："你的小狗对你真好，今天下午它来我这里找过你，看到你没在这里，它还伤心地落泪了呢！"

老约克依旧没有回话，只是躺在特尔先生为他特意准备的椅子上，思索了很久，不知道该怎样回答他。

特尔先生此刻意识到老约克病得非常严重，他很愧疚自己为什么没有早早看出来。

老约克似乎看出了特尔先生的心声，他生气地说："我只是身体有些虚弱（身体衰弱，元气亏损），并没有生病！"

"既然身体虚弱，那么今晚你就不要吃鱼了，喝点羊肉粥吃几块肉，暖暖身子吧！"

特尔先生一边给老约克准备吃的，一边再三叮嘱他一定要把淋湿的衣服全部换下来。老约克知道特尔先生是为自己好，于是就照做了。

特尔先生将准备好的食物端到老约克面前，关切地说："我觉得应该给你请个大夫，你要相信我！"

老约克是穷苦的苏格兰农民，在他看来，请大夫是一件非常严肃的事情。如果不是什么要命的病，他是绝对不容许这样的。老约克虽然已经脸色惨白，浑身颤抖，但是他依旧不会听从特尔先生的建议。

"你的病情不严重，请大夫是为了更快地康复。只要让大夫找到生病的原因，你可能吃几粒药，在救济院休息几天，就会痊愈（病情好转，恢复健康）了。"特尔先生依旧安慰他说。

"我才不会去救济院，一般住在那里的都是生病非常严重的。我想就算是你也不情愿住在那里吧？"向来温顺的老约克居然说出这样的话，让人非常震惊。

"你不用看不起这些地方，我并不觉得去救济院有什么不好。以前我的手指划破的时候，我也在救济院住过一段时间。直到手指痊愈，我才回来的。"

"我才不要像你那么愚蠢呢！"

特尔先生听到这话非常气愤(表情都是较为有震慑力的，令人望而却步)，因为愚蠢是商人最不愿听到的话语。小博比听到刀叉的声音，知道晚餐时间到了。它已经一天都没有吃东西了，看到主人吃得非常香，它也在卖力地表演节目，想要博得主人的欢喜，然后赏给它一些吃的。

"给你五元钱，给这个小家伙来一碗肉汤。"老约克一边掏钱，一边对特尔先生说。

他看到特尔先生对小博比如此喜欢，就不想隐瞒自己心中的苦楚，说："从今天起，小博比就不属于我了。"

特尔先生能够切身感受到老约克的伤心，他大声地安慰老约克说："你不要伤心，这种狗是很忠诚的，它既然认定你了，这一辈子它就都会效忠

^{nǐ de}
你的。"

^{lǎo yuē kè zhī dao tè ěr xiān sheng shì zài ān wèi zì jǐ yú shì jiù rěn bú}
老约克知道特尔先生是在安慰自己，于是就忍不

^{zhù jiāng xiǎo bó bǐ de shēn shì jiǎng gěi tè ěr xiān sheng tīng hái wú nài de shuō}
住将小博比的身世讲给特尔先生听。还无奈地说，

^{nóng chǎng zhǔ zài xià gè jí shì guò lai zhè li de shí hou yí dìng yào bǎ xiǎo bó}
农场主在下个集市过来这里的时候，一定要把小博

^{bǐ jiāo gěi tā zhǐ yào xiǎo bó bǐ néng gòu shùn lì bèi dài zǒu tā jiù huì jiàn jiàn}
比交给他。只要小博比能够顺利被带走，它就会渐渐

^{de bǎ zì jǐ wàng le}
地把自己忘了。

说明小博比是一只善解人意、通情达理的小狗，它能感受到此时主人的情绪十分低落，并伸出爪子试图安慰他。也体现了一人一狗之间的深刻感情。

"我这辈子最伤心的事情，就是跟小博比分开。"老约克情绪低落地说。小博比躺在他们两人之间静静地听着，时不时还用爪子勾勾主人的衣服。

"老伙计，你千万不要把它宠坏了，趁它还小，赶快教它一些本领。"

"它不需要掌握那么多，只要知道让小女孩高兴就可以了。"老约克一语中的地说。因为在他看来，取悦（取得别人的喜欢；讨好）别人比一生靠苦力生活要幸福得多。

"我现在碰到一个难题，我租房子的那个房东老太太一定不会允许我将小博比带回去，我该怎么办才好呢？你

有没有什么好的办法,既可以让我顺利将小博比带进屋,又能不让它叫。"老约克诚恳(指人的态度真诚)地询问特尔先生。

"我没有什么好的办法,不过我在一本书上看到一个故事,也许对你会有帮助。沃尔特爵士写作的时候,喜欢用披风将中意的小女孩带进自己的房间,因为小女孩的天真可爱可以驱赶他的烦躁(指心中烦闷不安,急躁易怒,甚则手足动作及行为举止躁动不宁的表现)。这个小女孩要比博比大许多,我不知道你是否有这种披风。"

"我当然有,这种披风是每位牧羊人的必备品,不过要这个披风有什么用呢?"老约克不解地说。

老约克是农民,所以对于高雅一些的文学当然不懂。特尔先生听到老约克这样回答,就没有再说什么。

小博比这个时候叼着一只老鼠出来了,原来它在特尔

xiān sheng de chú fáng zhōng fā xiàn le yì zhī lǎo shu tè ěr xiān sheng gāo xìng de shuō
先生的厨房中发现了一只老鼠。特尔先生高兴地说：

nǐ zhēn shì tài bàng le yǐ hòu bù guǎn nǐ shén me shí hou guò lai wǒ dōu huì gěi
"你真是太棒了，以后不管你什么时候过来，我都会给

nǐ gǔ tou hé nǐ zuì ài chī de fàn
你骨头和你最爱吃的饭。"

tè ěr xiān sheng de kàn shū shí jiān dào le tā ná chū yì běn rén de jǔ
特尔先生的看书时间到了，他拿出一本《人的举

zhǐ lái zhuān xīn zhì zhì de kàn
止》来专心致志(形容非常认真地去做某件事)地看。

dāng tā kàn dào dīng méng tè hé tā de gǒu nà duàn bù miǎn gǎn kǎi dào gǒu yǒng
当他看到丁蒙特和他的狗那段，不免感慨道："狗永

远都是最真诚的朋友，我希望小博比可以永远陪伴老约克，直到给老约克送葬为止。"

然后，特尔先生急匆匆地站起来，拿了几块甜饼偷偷放进老约克口袋里，这是小博比最喜欢的甜点。

"老伙计，你现在住在哪里？"

"我住在考盖特附近的公寓里！"

特尔先生看到老约克瘫坐在壁炉旁边，认为他的确需要请个大夫。他就轻轻地穿好衣服，向门外走去。

"外面下那么大的雨，你要去哪里呀？"老约克有气无力地问。

"你先帮我看一下餐馆，我去给你请个大夫，很快就会回来！"

"我没有生病，你不用去请大夫。"

特尔先生不顾老约克的反对，冒雨出去了。他来

dào gé bì de shū diàn xī wàng néng gòu yù dào liǎng gè zhèng zài kàn shū de yī xué
到隔壁的书店,希望能够遇到两个正在看书的医学

yuàn de xué sheng kě shì xià yǔ tiān shū diàn zǎo zǎo jiù guān mén le tā gāng hǎo
院的学生,可是下雨天书店早早就关门了。他刚好

zài jiē jiǎo chù kàn dào qiáo dì luó sī jiù jiāng qíng kuàng gào su tā bìng qiě
在街角处看到乔蒂·罗斯,就将情况告诉他,并且

xī wàng chū qián gù tā qù qǐng dài fu luó sī guǒ duàn dā ying le
希望出钱雇他去请大夫,罗斯果断答应了。

dāng tè ěr xiān sheng zài cì huí dào cān guǎn de shí hou lǎo yuē kè hé xiǎo bó
当特尔先生再次回到餐馆的时候,老约克和小博

bǐ yǐ jīng lí kāi le
比已经离开了。

名师点拨

老约克从自身经历出发,认为小博比只需要取悦别人就够了,不需要掌握本领。不过在现实生活中,我们还是应当掌握真才实学,自立自强,这样才能获得幸福生活。

第三章　老约克离世

名师导读

特尔先生不顾老约克的反对，要主动为他请大夫。可是当他回来后，却发现老约克和小博比已经不见了。特尔先生会怎么做呢？老约克的病还能好吗？

tè ěr xiān sheng yi shí dào kě néng shì zì jǐ de lǔ mǎng
特尔先生意识到可能是自己的鲁莽(形容说话做

xià pǎo le lǎo yuē kè　 kě shì jiù suàn tā xiàn zài
事轻率，不考虑后果)吓跑了老约克，可是就算他现在

chū qu xún zhǎo　 yě yǐ jīng lái bu jí le
出去寻找，也已经来不及了。

lǎo yuē kè xiàn zài yǐ jīng zǒu dào kǎo gài tè jiē le　 tā wèi zì jǐ néng gòu táo
老约克现在已经走到考盖特街了，他为自己能够逃

tuō dài fu de zhì liáo ér gǎn dào gāo xìng　 zhè fù jìn sàn fā zhe yì zhǒng cì bí de
脱大夫的治疗而感到高兴。这附近散发着一种刺鼻的

qì wèi　 xiǎo bó bǐ jī mǐn de jiào zhe　 kě shì tā kàn dào lǎo yuē kè jì xù qián xíng
气味，小博比机敏地叫着，可是它看到老约克继续前行，

jiù bù de bù gēn zhe zhǔ ren jì xù xiàng qián zǒu
就不得不跟着主人继续向前走。

考盖特以前是富人居住的地方，这里空气清新、环境宜人，所有的建筑物都非常的高雅(形容人的言谈、举止等等，有较高的风雅度，令人欣赏的高贵的风格)。可是，随着时间的流逝，这里逐渐变成了廉租房。在这里居住的不仅有贫民、小商贩，还有罪犯和盗贼。

老约克在路灯的指引下，走进一条胡同，然后到达一所公寓式的庭院里。老约克吃力地爬着楼梯，到达四楼的时候，他开始剧烈咳嗽。其他屋的住户都打开窗户，警告老约克不要再发出咳嗽声，否则就下去揍他。

他坚持着继续向上爬，可是没过一会儿就又停下脚步了。因为他知道再向上走，就会碰到房东老太太了，他还没有想好怎么才能顺利把小博比带进自己的房间。这个时候，他脑海中突然浮现(指具体的

事物在眼前显现出来）出特尔先生的话，现在他总
算明白了。他按照特尔先生说的那样，将披风穿
在身上，将小博比放入披风前面的口袋里，这样的确
没有人会发现。小博比第一次钻到这里边，一切在它
眼里都是那么的新奇，它开心地跑着、叫着，可是老约
克却急忙制止它说："小家伙，快别叫了，如果让房

东听到，她一定会把我们两个赶出去的。"小博比就这样安静地躲在披风里。

房东老太太的房间就在不远处，老约克上前敲响了房门。老太太开门后，老约克递上了房租钱、蜡烛钱、水钱。老约克带着房东给的东西正要上楼，房东提醒他说："你最好不要搞出噪音来，不然你的邻居会对你不客气的。"

本来老约克是想咳嗽的，可是听到房东的提醒，他只好极力克制（控制、抑制的意思），他不希望自己的咳嗽声吵到周围的邻居。他和小博比终于来到属于他们的房间了，这里窗户破旧，雨水和风都会不断地吹进来，整间房子都是冷冰冰的。可是老约克的脸上却洋溢出笑容，因为他带着博比终于到达属于他们的家了。

外面依旧狂风怒号，但是他们的兴致却刚刚好。

老约克想起了小博比之前圣诞节期间的演出，就顺势（趁势；趁机会；顺着某种情势；顺应形势）把自己的帽子抛到小博比面前，并且提醒它说："小家伙，跳一个给我看看。"

在小博比眼中，主人的话就像圣旨一样。它欢快地蹦着，主人开心地笑着。一会工夫，屋里就变得热闹起来。可是跟随欢乐而来的还有邻居们的辱骂，他们觉得老约克的活动影响了他们的休息。

老约克非常的害怕，不过还好邻居们并没有发现小博比。

老约克拿起一本《圣经》，刚看了一些，就困意十足，他和小博比就这样睡去了。可是一晚上他都没有睡好，因为他的咳嗽声吵到邻居了，邻居总是会时不时辱骂他。直到天亮了，楼里的人都出去工作了，老约克才睡熟起来。老约克醒来的时候，小博比

已经蹲在他面前了。他向窗外望去，发现外面被厚厚的白雪覆盖着。

他兴奋地推开窗，激动地说："我最喜欢下雪天了，你看外面多美丽。"这句话还没说完，老约克就两眼一黑摔倒在地。小博比急忙跑到主人面前，静静地守候着。当老约克再次醒来的时候，城堡的报时炮都

yǐ jīng xiǎng guò le 　 tā liào dìng xiǎo bó bǐ kěn dìng fēi
已经响过了，他料定小博比肯定非

cháng jī è 　 yú shì chī lì de chuān hǎo yī fu 　 zhǔn
常饥饿，于是吃力地穿好衣服，准

bèi dài tā qù chī dōng xi 　 dāng tā chuān shàng wài tào
备带它去吃东西。当他穿上外套

de shí hou 　 tā fā xiàn kǒu dai li yǒu jǐ kuài xiǎo tián bǐng
的时候，他发现口袋里有几块小甜饼。

lǎo yuē kè xiǎng yào lǐng xiǎo bó bǐ qù chī dùn hǎo de
老约克想要领小博比去吃顿好的，

kě shì tā shí zài zǒu bu dòng le 　 xiǎo bó bǐ kàn dào zhǔ
可是他实在走不动了。小博比看到主

ren zhè yàng 　 zhǐ hǎo guāi guāi de chī zhe tián bǐng 　 dāng hēi
人这样，只好乖乖地吃着甜饼。当黑

yè jiàng lín de shí hou 　 lǎo yuē kè tāo chū zì jǐ de qián
夜降临的时候，老约克掏出自己的钱

bāo 　 shǔ le shù qián 　 zì yán zì yǔ dào 　 zhè xiē jiù
包，数了数钱，自言自语道："这些就

gòu le 　 tā xiǎng yào bǎ qián cáng qǐ lai 　 yīn wèi zhè
够了！"他想要把钱藏起来，因为这

li yǒu hěn duō zéi 　 kě shì tā yòu fēi cháng jiàn wàng
里有很多贼。可是他又非常健忘(指

大脑的思考能力〈检索能力〉暂时

gāng cái bǎ qián suí shǒu fàng zài 　 shèng
出现了障碍)，刚才把钱随手放在《圣

jīng shang xiàn zài què xiǎng bù qǐ lai le 　 tā gù bu
经》上，现在却想不起来了。他顾不

liǎo nà me duō 　 yú shì jiù jì xù shuì le
了那么多，于是就继续睡了。

虽然自己身体虚弱，可是为了让博比填饱肚子，老约克还是坚持要出去，说明他很爱博比。

这一夜小博比彻夜未眠，前半夜的时候，有个盗贼想要进来，小博比把他吓跑了。后半夜的时候，小博比发现主人发高烧了，于是就不停地去舔主人的手，希望能让他的病情有所好转。老约克睡了好久，微微睁开眼，看到小博比非常可怜地蹲在自己身边，就把最后一块甜饼给它了，并且有气无力地说："我要走了，不能照顾你了。你回家吧，孩子！"

一天时间又过去了，老约克一直没有再醒来。房东老太太非常担心，于是上楼来看。她敲了很久的门，看到没有人回应，就说："老约克，你是不是死了？"

上班时间到了，老约克的门被打开了。跟随房东进来的，还有法院的人、警察、医生。经过医生的确诊，老约克已经去世了。他们并不确定老约克是怎么死去的，所以想要寻找证据(可作为证明用的事实依据)。最终，他们在《圣经》中找到了老约克的钱，这一点说明老约克的确是因为生病而去世的。

警察点过这些钱之后说："够了！"原来老约克留下的这些钱是要给自己办一场葬礼。大家都不知道他的真实姓名，还好老约克将自己的名字写在了《圣经》上，他的全名是约翰·格雷。

诵经人将《圣经》放在老约克手中，并且将他的双手交叉放在胸前。他们看到可怜的小

义犬博比
YIQUAN BOBI

博比，就对身边的小女孩说："你可以把自己的麦片分给它吗？"

小姑娘看到小博比非常可怜，急忙将自己的麦片分给它吃。

两位警官将老约克裹在他自己的长外套和披风中抬了下来，放入一个普通的棺材里。棺材合上之后，他们就离开了，只剩下诵经人在这里看着。小博比伤心地趴在棺材上面，它此刻也许不明白死亡是什么意思。

一刻钟之后，警官带着几个年轻力壮的人过来了。这几个人在警官的指挥下，抬起棺材向墓地走去。

在公墓管理人员的指引下，他们顺利到达埋葬的地方，所有人都离开了，只剩下诵经人。封土的时候，小博比依旧趴在棺材上，诵经人无论

zěn me jiào   tā dōu bú yuàn yi lí kāi   tā men méi bàn
怎么叫，它都不愿意离开。他们没办

fǎ   zuì zhōngqiáng zhì bǎ tā bào chū lai
法，最终强制把它抱出来。

lǎo yuē kè de zàng lǐ yǐ jīng jié shù le   sòng jīng
老约克的葬礼已经结束了，诵经

rén lí kāi de shí hou   hái fēi cháng dān xīn xiǎo bó bǐ
人离开的时候，还非常担心小博比，

kě shì tā méi yǒu bàn fǎ ràng tā lí kāi   mù dì de
可是他没有办法让它离开。墓地的

shǒu mén rén zài wǎn shang xún luó de shí hou   fā xiàn le
守门人在晚上巡逻的时候，发现了

xiǎo bó bǐ
小博比。

小博比不愿离开棺材，充分体现小博比对主人有着非常深厚的感情。它热爱主人，想永远陪伴在主人的身边。

义犬博比
YIQUAN BOBI

小博比不肯离去，它看到守门人走远之后，就一直在大门口寻找缝隙（指接合处或裂开的缝处，也有比喻事物间的漏洞的含义），可惜它爪子都挖出血了，依然没有成功。

墓地即将关门的时候，一位夫人过来了，小博比在她推门的刹那间钻进去，迅速消失不见了。它找到主人的墓地，趴在上面睡去了。

名师点拨

看到小博比的境遇，小女孩流了泪，还把自己的麦片分给了可怜的小博比。在现实生活中，我们也应当做一个富有同情心的人，关心世界上的其他生命。

第四章　守门人布朗先生

名师导读

老约克在夜里因病去世了，现在只剩下小博比了，它将去哪里生活呢？对于老约克离世这件事，它能理解吗？

周一是特尔先生生意最好的时候，他正在忙碌的时候，突然感觉有什么东西在咬自己的裤腿，他低头一看，原来是小博比。特尔先生高兴地说："好久不见，小家伙。"但是小博比却没有回应，而是晕倒了。特尔先生将小博比抱在怀里，想要在四周寻找老约克的身影，可是遗憾（由无法控制的或无力补救的情况所引起的后悔）的是他什么都没有发现。

特尔先生在抚摸小博比的时候发现，它非常瘦弱，他突然意识到它可能是饿晕了，急忙从服务员手中端来一碗肉汤。小博比看到有饭吃，开心得不得了，三下五除二就把饭吃得一干二净。特尔先生将小博比放到两张对起来的椅子上，自己就去忙了。当他再回来的时候，小博比已经睡着了。

他看到小博比这种状况，就猜想它一定没有跟老约克待在一起，因为老约克从来没有亏待(指不公平或不尽心地对待)过它。他把这件事情跟自己门下的抓痕联系起来，觉得那很有可能是小博比干的，它想从这里寻找一些吃的。

小博比已经在特尔先生的餐馆里休息了一整天，用餐的时候，特尔先生都会给它准备一份非常丰盛的食物。特尔先生知道这条小狗迟早会回去找它

的主人，并且他也非常担心老约克。于是他把餐馆

的事情交代给下人，自己准备跟在小博比身后去探

望老约克。

军号吹响之后，小博比就伸伸懒腰，站了起来。

它礼貌地跟特尔先生打过招呼之后就离开了，特尔先

生跟在小博比身后来到墓地门口。小博比跳到便门

上面，好像在哀求一样，希望特尔先生可以把便门

打开。特尔先生不明白小博比的意思，所以迟迟没有

开门。小博比狂躁（非常焦躁，不沉着）起来，特尔

先生提醒小博比说："不要胡闹，我们赶快去考盖特

找你的主人吧！"

小博比不愿意离开，它悲伤地趴在大门旁边。特

尔先生似乎明白了它的意思，就把便门打开了。小

博比跑到前面给他带路，可是守门人布朗先生却出

来了，小博比看到他之后，立马就消失了。

shǒu mén rén kàn qīng chu lái de shì tè ěr xiān sheng zhī hòu jiù rè qíng de
守门人看清楚来的是特尔先生之后，就热情地

dǎ zhāo hu shuō   tè ěr xiān sheng nǐ zěn me zhè me wǎn lái mù dì
打招呼说："特尔先生，你怎么这么晚来墓地？"

gāng cái gēn wǒ yì qǐ jìn lai de xiǎo gǒu pǎo qù nǎ lǐ le   nǐ
"刚才跟我一起进来的小狗跑去哪里了，你

kàn dào le ma
看到了吗？"

nǐ shuō shén me   nǐ zěn me kě yǐ dài gǒu jìn lai   mén kǒu de jǐng shi
"你说什么？你怎么可以带狗进来，门口的警示

pái nǐ nán dào méi yǒu kàn dào ma
牌你难道没有看到吗？"

"你在这嚷嚷有什么用？这条狗跟一般的狗不同，它是高地蜀狗。我跟它非常熟悉，是它带我来这里的，如果它的主人不在这里，它根本就不会进去。如果它的主人葬在这里，那么我会把它带走，这样做你满意吗？"特尔先生生气地说。

"前几天的确有一只狗跟着送葬队伍进来了，但是晚上的时候，我就把它赶出去了。这几天巡逻(意思是行走查看警戒)我就没有再看见过它，听你这么一说，它会不会在那座新坟那边？"

"你确定这只狗是跟随送葬队伍一起进来的？这座新坟埋葬的是什么人？"

"我非常确定，据说这座新坟埋葬的是住在考盖特那边的生病死去的人，他好像没有亲人。要不你去那边看看吧！"

"那一定就是老约克了，不然的话，小博比就不会来

zhè li le   tā shì yí wèi lǎo mù yáng rén   tā de sǐ wáng shì wǒ zào chéng de
这里了。他是一位老牧羊人，他的死亡是我造成的。"

tè ěr xiānshengshuō
特尔先生说。

  "特尔先生，您在说什么呢？人的寿命都是有限
"tè ěr xiān sheng   nín zài shuōshén me ne   rén de shòumìng dōu shì yǒu xiàn

de   nín yòng bu zháo zì zé   shǒumén rén ān wèi tè ěr xiānshengshuō
的，您用不着自责。"守门人安慰特尔先生说。

shǒu mén rén tīng le   tè ěr xiān sheng de huà   jué dìng gēn tā yì qǐ zhǎo dào
守门人听了特尔先生的话，决定跟他一起找到

xiǎo bó bǐ   bìng qiě ràng tā bǎ zhè tiáo xiǎo gǒu dài zǒu   tā men fān biàn le zhěng
小博比，并且让他把这条小狗带走。他们翻遍了整

个墓地，并且询问住在周围的人们。跛脚的巴尔对特尔先生说："这是你的狗吗？它那么听话，如果是我，我一定会好好照顾它。"

"我不是这只狗的主人，它的主人就埋葬在这里。它叫博比，你们如果看到它，一定要把它送到格雷夫利亚斯餐馆，我会奖赏你们十元钱。"

守门人听到这种话非常生气，他对特尔先生说："你这种做法后果很严重，你知道吗？这些小孩会把墓地搞得一团糟，你要明白他们可不是有教养的孩子。"

"你不要戴着有色眼镜去看人，你对孩子们好，他们自然会听你的话。你如果觉得他们都是没教养的，那么他们也绝对不会跟你成为朋友。"

守门人和特尔先生在继续寻找，守门人断定（经判断而下结论）这条狗肯定已经跑出墓地了，不然怎

么可能会找不到。但是，特尔先生知道，这种狗非

常聪明，也非常忠诚。只要是它认定的事情，它

就一定会想办法完成。比如今晚，如果它一出声，必

定会被发现，所以它就静悄悄地躲着。

特尔先生一边找，一边说："小博比，你到底在哪儿

呢？不要再躲着了，快出来吧！我的好孩子。"

小博比像变魔法一样，出现在他们面前。特尔

先生温柔地抚摸着它，然后扭头对守门人说："布

朗先生，请放心，我待会就把它带走，因为集市那天

我还要把它交给它的老主人。"

小博比好像听懂了特尔先生的话，它做出哀求

（意思是苦苦地请求）的样子，请求特尔先生不要

把它带走。

"你看到了吗？不是我不想带它走，是它自己不

愿意走。要不然就让它在这里待上几天，我到时候

zài lái jiē tā
tè ěr xiān sheng shì tú shuō fú bù lǎng
再来接它？"特尔先生试图说服布朗

xiān sheng
先生。

nǐ zhè zhǒng fāng fǎ gēn běn jiù xíng bu tōng wǒ
"你这种方法根本就行不通，我

shì jué duì bú huì róng rěn yì tiáo xiǎo gǒu dāi zài mù dì
是绝对不会容忍一条小狗待在墓地

de wǒ jué duì huì bǎ tā gǎn chū qu
的，我绝对会把它赶出去。"

nǐ shì gè shàn liáng de rén wǒ zhī dao nǐ kěn dìng
"你是个善良的人，我知道你肯定

bú huì zhè yàng zuò de
不会这样做的。"

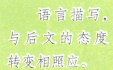

语言描写，与后文的态度转变相照应。

"我虽然善良，但是我也要恪守自己的职责。"

"它跟普通的狗不同，你担心的事情，它一样都不会去做。"

"不用跟我解释那么多，我是必定会把它赶出去的。"

特尔先生把小博比留在墓地，自己单独离开了。可是他最终在街上发现了小博比，布朗先生终究是把它赶了出来。它跑过来乞求特尔先生可以帮助自己重新回到墓地，可是特尔先生现在一点思绪都没有。小博比吃饱之后，就悲伤地蜷缩(身躯蜷曲紧缩。屈膝，蹲伏)在壁炉旁边。特尔先生看到博比这么可爱，心想：这么忠诚的小狗，如果我也有一只该多好。

正当他在想这些的时候，小博比已经抓了一只老鼠叼到他面前。它好像在说："我帮你捉老鼠了，你

shì bu shì yě yīng gāi bāng wǒ huí mù dì
是不是也应该帮我回墓地？”

　　xiǎo bó bǐ kàn dào tè ěr xiān sheng méi yǒu yào bāng zì
小博比看到特尔先生没有要帮自
jǐ de yì si fēi cháng xīn jí yì zhí zài zhuā mén xī
己的意思，非常心急，一直在抓门，希
wàng zì jǐ néng gòu cóng zhè li táo chū qu zuì hòu tā
望自己能够从这里逃出去。最后它
shí zài méi yǒu bàn fǎ jiù quán suō zài dì shang wū yè
实在没有办法，就蜷缩在地上，呜咽
qǐ lai tā de kū shēng chǎo dào le shū diàn de lǎo bǎn
起来。它的哭声吵到了书店的老板，
wèi cǐ tè ěr xiān sheng hái gēn tā dà chǎo yí jià tè
为此特尔先生还跟他大吵一架。特
ěr xiān sheng zuì zhōng jué dìng zì jǐ chū mén qù gěi xiǎo
尔先生最终决定，自己出门去给小
bó bǐ tàn lù tā gāng tuī kāi mén jiù kàn dào luó
博比探路。他刚推开门，就看到罗
sī cóng mén qián jīng guò
斯从门前经过。

充分体现
小博比是一只
执着的狗，为了
让特尔先生带
它回到t墓地，
它想尽了一切
办法，甚至违背
狗的本性去捉
老鼠，非要达目
的不可。

　　tè ěr xiān sheng jiào zhù luó sī jiāng xiǎo bó bǐ de shì qing jiǎng shù le yí biàn
特尔先生叫住罗斯，将小博比的事情讲述了一遍，
bìng qiě xī wàng tā néng gòu shùn lì de bǎ xiǎo bó bǐ fàng jìn mù dì qù hái shuō huì
并且希望他能够顺利地把小博比放进墓地去，还说会
fù gěi tā èr shí yuán qián zuò bào chou luó sī yě bèi xiǎo bó bǐ de gù shi gǎn dòng
付给他二十元钱做报酬。罗斯也被小博比的故事感动
le tā shuǎng kuai de shuō zhè jiàn shì qing jiù jiāo gěi wǒ ba
了，他 爽 快（直爽；痛快）地说：“这件事情就交给我吧！”
yuán lái yǒu yì tiáo nèi bù de dào lù kě yǐ zhí jiē tōng wǎng mù dì ér luó sī
原来有一条内部的道路可以直接通往墓地，而罗斯

<ruby>刚<rt>gāng</rt></ruby> <ruby>好<rt>hǎo</rt></ruby> <ruby>知<rt>zhī</rt></ruby> <ruby>道<rt>dao</rt></ruby> <ruby>这<rt>zhè</rt></ruby> <ruby>条<rt>tiáo</rt></ruby> <ruby>路<rt>lù</rt></ruby>。 <ruby>当<rt>dāng</rt></ruby> <ruby>两<rt>liǎng</rt></ruby> <ruby>个<rt>gè</rt></ruby> <ruby>人<rt>rén</rt></ruby> <ruby>顺<rt>shùn</rt></ruby> <ruby>利<rt>lì</rt></ruby> <ruby>地<rt>de</rt></ruby> <ruby>将<rt>jiāng</rt></ruby> <ruby>小<rt>xiǎo</rt></ruby> <ruby>博<rt>bó</rt></ruby> <ruby>比<rt>bǐ</rt></ruby> <ruby>放<rt>fàng</rt></ruby> <ruby>入<rt>rù</rt></ruby> <ruby>墓<rt>mù</rt></ruby> <ruby>地<rt>dì</rt></ruby> <ruby>后<rt>hòu</rt></ruby>，<ruby>特<rt>tè</rt></ruby> <ruby>尔<rt>ěr</rt></ruby> <ruby>先<rt>xiān</rt></ruby> <ruby>生<rt>sheng</rt></ruby> <ruby>叮<rt>dīng</rt></ruby> <ruby>嘱<rt>zhǔ</rt></ruby> <ruby>罗<rt>luó</rt></ruby> <ruby>斯<rt>sī</rt></ruby> <ruby>说<rt>shuō</rt></ruby>："<ruby>这<rt>zhè</rt></ruby> <ruby>件<rt>jiàn</rt></ruby> <ruby>事<rt>shì</rt></ruby> <ruby>情<rt>qing</rt></ruby> <ruby>不<rt>bù</rt></ruby> <ruby>能<rt>néng</rt></ruby> <ruby>让<rt>ràng</rt></ruby> <ruby>第<rt>dì</rt></ruby> <ruby>三<rt>sān</rt></ruby> <ruby>个<rt>gè</rt></ruby> <ruby>人<rt>rén</rt></ruby> <ruby>知<rt>zhī</rt></ruby> <ruby>道<rt>dao</rt></ruby>，<ruby>你<rt>nǐ</rt></ruby> <ruby>可<rt>kě</rt></ruby> <ruby>记<rt>jì</rt></ruby> <ruby>住<rt>zhù</rt></ruby> <ruby>了<rt>le</rt></ruby>！"

名师点拨

　　守门人认为住在廉租房中的小孩都是没教养的小孩，特尔先生告诉他不要戴着有色眼镜看人。在现实生活中，我们也应当像特尔先生那样，不以贫富阶级论人，要平等待人。

第五章　逃回爱丁堡

名师导读

　　尽职尽责的守门人拒绝让小博比到墓地。特尔先生想到一个办法：请罗斯带小博比从内部通道走。在罗斯的帮助下，小博比到了墓地，它会做什么呢？

　　特尔先生告知所有来他餐馆吃饭的人，如果有谁见到了农场主，就一定要让他到这里来把小博比接走。周三下午，农场主驾着马车来到了特尔先生的小餐馆里。

　　"您好，请问您是特尔先生吗？我是来接小博比的。"农场主有礼貌地说。

　　"小博比刚吃饱，现在正在睡觉呢！"农场主听完

zhè huà　　zì　jǐ　yě jiǎn dān de chī　le diǎn shí wù
这话，自己也简单地吃了点食物。

zài tè　ěr xiān sheng yǎn zhōng　zhè wèi nóng chǎng zhǔ gēn lǎo yuē kè　yí yàng lā　tā
在特尔先生眼中，这位农场主跟老约克一样邋遢

(一般指不整洁，不利落、脏乱)，chuān zhe　yí jiàn pò jiù de　pī穿着一件破旧的披

fēng　　mǎn liǎn de hú chá　　pí fū yǒu hēi
风，满脸的胡茬，皮肤黝黑。

běn lái xiǎo bó bǐ kě yǐ dāi zài nóng chǎng　zuò yì tiáo chǒng wù quǎn　　kě
"本来小博比可以待在农场，做一条宠物犬。可

shì　　lǎo yuē kè dāng shí wú lùn rú hé dōu yào dài tā zǒu　　nóng chǎng zhǔ bào yuàn shuō
是，老约克当时无论如何都要带它走。"农场主抱怨说。

qǐng nǐ bú yào zé bèi lǎo yuē kè　　tā yǐ jīng qù shì le　　tè ěr xiān sheng
"请你不要责备老约克，他已经去世了。"特尔先生

提醒农场主说。

"你说什么？老约克已经走了？你能带我去墓地看看他吗？"

特尔先生不明白，农场主为什么要解雇(指员工与组织的雇佣关系的非自愿性终止)老约克。原来农场主也是被逼无奈，农场需要缴纳各种各样的费用，他们没有能力去养活一个什么都干不了的人。

"如果我早些知道老约克生病，那么我绝对不会解雇他。"农场主自责地说。

小博比在两个人的交谈中醒来了，还没等它反应过来，农场主已经将它放入了带有盖子的篮子中。面对这种突然袭击，小博比慌乱起来。它想要逃脱，可是终究没有办法。特尔先生非常同情它，就将手伸进篮子中，温柔地抚摸着它。特尔先生告诉小博比，这是老约克的意思，它就不再嚎叫了，而是蜷

<ruby>缩<rt>suō</rt></ruby><ruby>在<rt>zài</rt></ruby><ruby>篮<rt>lán</rt></ruby><ruby>子<rt>zi</rt></ruby><ruby>里<rt>li</rt></ruby>，<ruby>开<rt>kāi</rt></ruby><ruby>始<rt>shǐ</rt></ruby><ruby>哭<rt>kū</rt></ruby><ruby>泣<rt>qì</rt></ruby>。

"<ruby>你<rt>nǐ</rt></ruby><ruby>对<rt>duì</rt></ruby><ruby>它<rt>tā</rt></ruby><ruby>真<rt>zhēn</rt></ruby><ruby>好<rt>hǎo</rt></ruby>，<ruby>我<rt>wǒ</rt></ruby><ruby>多<rt>duō</rt></ruby><ruby>么<rt>me</rt></ruby><ruby>想<rt>xiǎng</rt></ruby><ruby>把<rt>bǎ</rt></ruby><ruby>这<rt>zhè</rt></ruby><ruby>只<rt>zhī</rt></ruby><ruby>狗<rt>gǒu</rt></ruby><ruby>送<rt>sòng</rt></ruby><ruby>给<rt>gěi</rt></ruby><ruby>你<rt>nǐ</rt></ruby>，<ruby>可<rt>kě</rt></ruby><ruby>是<rt>shì</rt></ruby><ruby>我<rt>wǒ</rt></ruby><ruby>的<rt>de</rt></ruby><ruby>小<rt>xiǎo</rt></ruby><ruby>女<rt>nǚ</rt></ruby><ruby>儿<rt>ér</rt></ruby><ruby>非<rt>fēi</rt></ruby><ruby>常<rt>cháng</rt></ruby><ruby>想<rt>xiǎng</rt></ruby><ruby>念<rt>niàn</rt></ruby><ruby>它<rt>tā</rt></ruby>，<ruby>我<rt>wǒ</rt></ruby><ruby>必<rt>bì</rt></ruby><ruby>须<rt>xū</rt></ruby><ruby>要<rt>yào</rt></ruby><ruby>把<rt>bǎ</rt></ruby><ruby>它<rt>tā</rt></ruby><ruby>带<rt>dài</rt></ruby><ruby>回<rt>huí</rt></ruby><ruby>去<rt>qu</rt></ruby>。"

"<ruby>我<rt>wǒ</rt></ruby><ruby>的<rt>dí</rt></ruby><ruby>确<rt>què</rt></ruby><ruby>非<rt>fēi</rt></ruby><ruby>常<rt>cháng</rt></ruby><ruby>喜<rt>xǐ</rt></ruby><ruby>欢<rt>huan</rt></ruby><ruby>它<rt>tā</rt></ruby>，<ruby>但<rt>dàn</rt></ruby><ruby>是<rt>shì</rt></ruby><ruby>我<rt>wǒ</rt></ruby><ruby>也<rt>yě</rt></ruby><ruby>不<rt>bú</rt></ruby><ruby>会<rt>huì</rt></ruby><ruby>留<rt>liú</rt></ruby><ruby>它<rt>tā</rt></ruby><ruby>的<rt>de</rt></ruby>。<ruby>因<rt>yīn</rt></ruby><ruby>为<rt>wèi</rt></ruby><ruby>如<rt>rú</rt></ruby><ruby>果<rt>guǒ</rt></ruby><ruby>博<rt>bó</rt></ruby><ruby>比<rt>bǐ</rt></ruby><ruby>待<rt>dāi</rt></ruby><ruby>在<rt>zài</rt></ruby><ruby>这<rt>zhè</rt></ruby><ruby>个<rt>ge</rt></ruby><ruby>城<rt>chéng</rt></ruby><ruby>市<rt>shì</rt></ruby>，<ruby>它<rt>tā</rt></ruby><ruby>就<rt>jiù</rt></ruby><ruby>必<rt>bì</rt></ruby><ruby>定<rt>dìng</rt></ruby><ruby>会<rt>huì</rt></ruby><ruby>去<rt>qù</rt></ruby><ruby>墓<rt>mù</rt></ruby><ruby>地<rt>dì</rt></ruby>。<ruby>但<rt>dàn</rt></ruby><ruby>是<rt>shì</rt></ruby><ruby>墓<rt>mù</rt></ruby><ruby>地<rt>dì</rt></ruby><ruby>是<rt>shì</rt></ruby><ruby>禁<rt>jìn</rt></ruby><ruby>止<rt>zhǐ</rt></ruby><ruby>一<rt>yí</rt></ruby><ruby>切<rt>qiè</rt></ruby><ruby>狗<rt>gǒu</rt></ruby><ruby>入<rt>rù</rt></ruby><ruby>内<rt>nèi</rt></ruby><ruby>的<rt>de</rt></ruby>，<ruby>并<rt>bìng</rt></ruby><ruby>且<rt>qiě</rt></ruby><ruby>老<rt>lǎo</rt></ruby><ruby>约<rt>yuē</rt></ruby><ruby>克<rt>kè</rt></ruby><ruby>已<rt>yǐ</rt></ruby><ruby>经<rt>jīng</rt></ruby><ruby>去<rt>qù</rt></ruby><ruby>世<rt>shì</rt></ruby><ruby>了<rt>le</rt></ruby>，<ruby>它<rt>tā</rt></ruby><ruby>现<rt>xiàn</rt></ruby>

在在这座城市中没有依靠，非常可怜，您还是把它带回去更好。"特尔先生礼貌地说。

小博比坐在马车上，就这样被带走了。如果是其他狗，在这种情形下，一定非常的慌乱。可是小博比却不同，它运用敏锐(反应灵敏，目光尖锐)的嗅觉，将经过的路都记了下来。如果特尔先生知道了，一定会夸奖它聪明。

小博比这次要去的是爱丁堡郊区的农村，它一路上就闻到了牛奶和羊毛的味道。马车每到一个地方，小博比都能感受到，马车到达收费站，它能嗅出旅馆的味道。他们路经峡谷和山峰，欧石楠的味道渐渐浓厚了，这个时候小博比又开始思念老约克了。

他们最终来到了考得布雷农场，小姑娘听到马车的声音，从屋子里面冲了出来，她着急地问："爸爸，你这次是否成功地把小博比带回来了？"

“当然了，小博比现在就在这个篮子里呢！”农场主开心地回答。他用自己的披风裹着女儿，手中提着装有小博比的篮子向室内走去。

“爸爸，我一刻也不想等了，我现在就想看看小博比，可以吗？”

“现在恐怕不行，如果你抱不住小博比，它随时都有可能会逃跑。”

小姑娘从爸爸那里得知老约克的死讯，伤心地哭了。因为老约克非常善良，并且小女孩早就把老约克当成了自己的家人。农场主温柔地抚摸着自己的小宝贝，不断地安慰着她。小女孩决定，要加倍对小博比好。

经过长长的一段路，他们终于到达了暖和的屋子里。农场主将门关上，轻轻地抱出小博比。晚饭时间到了，农场里的牧羊犬都在狼吞虎咽(形容吃东西又猛又急的样子)地吃东西，只有小博比在一旁默默

地伤心。四岁的小姑娘为了安慰小博比，主动将自己的饭和小博比的饭放在同一个盘子里。她的哥哥嘲讽她傻，但是她却不在乎。

小博比看到小女孩如此善良，并且自己也想通了，只有吃饱了才有力气逃跑。小博比吃饱之后，就闷闷不乐（形容心事放不下，心里不快活）地趴在门口。小女孩走上前，惊奇地发现小博比在流泪。

"妈妈，您快过来看，小博比哭了！"

"小乖，这绝对不可能，狗怎么会哭呢？"

农场主的妻子走上前去安慰自

充分体现小姑娘是一个富有爱心的人，她对小博比的遭遇感到同情。同时，她也是个意志坚定的小姑娘，即便被哥哥嘲笑，她的决定也不会改变。

己的女儿，小女孩躲在她的怀中，哭着哭着就睡着了。农场主将老约克去世的消息告诉了妻子。

"刚才狗的确是在哭，它看起来非常伤心。老约克葬在哪里了？"

"葬在格雷弗里亚斯的教堂墓地了，那里环境非常好，而且还有专门的人员看管墓地。"

"老约克能够葬在那里，实在是太好了。"农场主

的妻子感慨道。

"你知道吗？老约克去世后，小博比每天晚上都去墓地陪他。墓地明令禁止狗进入，但是小博比却非常聪明地避开守门人的巡视，这的确是一条非常聪明的狗。"

小博比之所以卧在门口，是因为它希望在门被推开的一刹那，可以顺利逃走。后来它实在看不到希望，就开始嗷嗷叫。农场主的小女儿被吵醒了，她蹲在地上安慰小博比，可是它依旧在叫。

"现在听我的，我们必须把它关在牛棚中，不然今晚我们谁都别想睡觉。"农场主的妻子不耐烦地说。

"不要这样，我要和它一起睡。"小女孩嚷嚷着。农场主负责安抚(指安息、抚慰发怒或焦虑的人)自己的女儿，他的妻子将博比关在牛棚中。

"宝贝，你不要哭了，爸爸答应你，明天给博

比拴一条狗链，这样你就可以带它去你想去的地方，今晚就让它暂时住在牛棚吧！你放心，它绝对不会逃走。"在爸爸的安抚下，小女孩很快进入了梦乡。

这里的生活非常适合小博比，有疼爱它的人，有好吃的食物。但是，小博比脑海中始终浮现出跟老约克在一起的场景，它一想到今晚老约克的墓地没有人陪伴，就伤心不已。它无时无刻不在寻找逃跑的机会，最终，它发现牛棚大门的下面有一条非常宽的门缝，但是只能容下一只爪子。它只有将门缝的距离挖大了，才有可能逃出去。

经过几个小时的不懈努力，小博比终于成功了。当它站在牛棚外面的那一刻，它非常的开心。

这个时候天已经亮了，小博比知道再过一会，农场主就该起床了，所以它应当加快速度逃跑

才是。在短短的几分钟时间内，它居然跑了几千米。小博比站到丘陵上，可以看到爱丁堡，并且一路都是下坡，它可以省下许多力气了。

它顺着自己来时采集的气味一直向前走，过了收费站之后，它迷路了，只能凭着自己的感觉向前走。

小博比已经嗅到它熟悉的爱丁堡的味道了，它迅速

来到特尔先生的餐馆，想要填饱肚子再走。可是就在这时，报时炮响了，小博比立马掉头奔向墓地。它趁守门人不注意，顺利地溜进了墓地。小博比为了能跟主人待在一起，宁愿饿着肚子。

名师点拨

　　农场主对老约克的死感到自责，如果他知道老约克生了病，就不会选择解雇他的。可是在现实生活中，没有后悔药可以吃，我们应当慎重对待自己的每个选择。

第六章　感动看门人

名师导读

小博比到了墓地后，还会发生什么事情呢？尽责的守门人最终会发现它吗？

xiǎo bó bǐ yì zhěng tiān dōu zài pí bèi hé jīng kǒng zhōng dù guò suī rán
小博比一整天都在疲惫和惊恐中度过，虽然

tā gēn pǔ tōng de gǒu bù tóng dàn shì tā yī jiù xū yào hǎo hǎo de xiū zhěng
它跟普通的狗不同，但是它依旧需要好好地休整

yí xià tiān wēi wēi liàng de shí hou xiǎo bó bǐ jiù xǐng lái le tā gǎn jué
一下。天微微亮的时候，小博比就醒来了，它感觉

zì jǐ jīn tiān de zhuàng kuàng bú tài duì tā duǒ zài mù dì páng biān mì qiè
自己今天的状况不太对。它躲在墓地旁边，密切

jiān shì zhe shǒu mén rén de yì jǔ yí dòng yǐ biàn
监视(从旁监察注视)着守门人的一举一动，以便

kàn hǎo jī huì liū chū mù dì qù tè ěr xiān sheng nà li chī dùn hǎo de
看好机会，溜出墓地去特尔先生那里吃顿好的。

yuán běn fēi cháng piào liang de xiǎo bó bǐ xiàn zài kàn bù chū yì diǎn kě
原本非常漂亮的小博比，现在看不出一点可

ài de jì xiàng tā hún shēn guǒ mǎn le ní jiāng suǒ yǒu de máo dōu zhān zài
爱的迹象。它浑身裹满了泥浆，所有的毛都粘在

义犬博比
YIQUAN BOBI

一起。但是，它依旧非常勤快。它在特尔先生的餐馆捉老鼠，在墓地也不例外。

当布朗开始每天的巡检的时候，小博比就一动不动地站在原地。它没有想要炫耀（泛指夸耀）什么，也没有特意隐藏什么。当布朗发现它的时候，它并没有逃走，而是带领布朗来到老约克的坟头。

布朗看到眼前的一幕惊呆了，老约克的坟头附近放了许多死老鼠。布朗找来一根木棍，想要数数小博比捉到的老鼠数量。小博比则用乞求的眼神看着布朗。

"小博比，你真是太棒了。我从来没有见过像你这么能干的狗。"布朗简单地感慨了一下，然后沉思了一会，无奈地说，"你这么聪明，让我拿你怎么办呢？"

小博比听到这话，觉得有希望，就开心地摆动着尾巴。布朗不想为难自己，就把这个问题交给了妻子："老太婆，你快出来一下！"

只见一个衣着整洁朴素的女人从门卫室中走了
出来。

"这就是我之前跟你提到过的小狗，你看它一晚
上捉了这么多老鼠！"布朗说。

"天啊！它抓的老鼠恐怕已经远远超过它的
体重了，这真的是它做的吗？"布朗太太震惊（因

受到意外刺激而感到紧张、害怕或兴奋）地说。

"这的确是它做的，萄狗具有这种 能力，我以前就在报纸上看到过。你觉得我们该怎么处置这条狗呢？"

"先别想那么多，我觉得当务之急是我们必须先给它洗澡。你看它浑身上下多脏，看起来非常可怜。"

"夫人说得非常对，我怎么就没有想到呢！"

布朗此刻一门心思地给小博比洗澡，其他的事情，他不想去考虑那么多，更不想将小博比赶出墓地。虽然他心中明白，小博比是不能待在这里的。

小博比听话地跳进浴池中，洗好之后，布朗太太急忙拿出一条法兰绒的短裙将小博比裹住，然后轻轻地将它放到壁炉旁边取暖。

小博比在室内走来走去，要知道它现在非常饿，可是布朗和他的太太暂时还没有想到这一点，他们只是叮嘱小博比要卧下，好让身上的毛干得快一点。

布朗先生读了一会《圣经》，站起身来，穿好衣服准备出去。这个时候他突然意识到，小博比应该饿了。

"珍妮弗，小博比应该饿了，你说我们给它吃点什么好？我记得地主家的狗都需要喂一些乳酪和肉类的东西。"

"布朗，你现实一点好不好？我们自己平时都没有吃得那么好，依我看我们只需要给它一些家常便饭就可以。"

布朗太太将冰箱中的稀饭和剩菜放入盘中，给小博比吃。小博比已经饿坏了，看到食物，三下五除二（多形容做事干脆利索）就吃完了。它不停地舔着盘子，而布朗太太则端起盘子刷干净，放了一些水在地上。

"小博比，过来，我给你梳梳毛，打扮一下！"布朗先生一边说着，一边从自己的工具箱中掏出梳子。虽然小博比的毛都粘在一起，梳起来非常疼，但是

博比十分通人性，为了陪伴老约克，它连疼痛都能忍受。

它依旧忍着疼痛站在原地。它知道，只有博得看门人的喜欢，它才可能留在墓地继续陪伴老约克。

"这条小狗实在是太可爱了！我非常喜欢。"

"它的确非常可爱，但是我们不能在墓地养狗，所以我觉得我们应该把它送给牧师。"

"我不赞同你说的。"布朗太太激动地说。

布朗太太知道，布朗向来都听自己的，就没有再多说什么。布朗突然想到了什么事情，就急忙出去了。原来他需要买一些花草的种子，现在已经四月份了，可以开始播种了。他在街上挑

选花草种子的时候,不知怎么的就来到了宠物店,他

拿起项圈的时候,才意识到自己的行为有多么疯狂。

当布朗返回墓地的时候,门口的几个大字格外的醒

目(本意为显明突出,引人注意,让人一眼就看到)。

他一整天都没有跟妻子碰面,因为他不知道该如何处

理小博比。他在两个教堂之间忙碌着,但是正是这

种忙碌,让他错过了一些精彩的东西。

小博比没有吃饱,所以它一直在墓地门口等着,

以便有机会可以跑出去找到特尔先生,可是整整一

个下午都没有人进来。

墓地周围是廉租房,白天的时候,廉租房的窗

户基本上都被衣服遮挡住了。可是就算在这样的

情况下,瘸腿的塔米·巴尔还是看到小博比了。

他开心地跟同伴艾丽说:"快看,墓地那边有

一只可爱的小狗。它好像就是特尔先生想要寻

zhǎo de wǒ men bǎ tā bào qù jiāo dào tè ěr xiān sheng shǒu zhōng jiù kě

找的，我们把它抱去交到特尔先生手中，就可

yǐ qīng sōng huàn qǔ shí yuán qián

以轻松换取十元钱。"

yǒu zhè yàng de hào shì dāng rán méi wèn tí le

"有这样的好事，当然没问题了！"

dàn shì ài lì nǐ xū yào dā ying wǒ yí gè tiáo jiàn wǒ tuǐ jiǎo bù fāng

"但是艾丽，你需要答应我一个条件。我腿脚不方

biàn nǐ xū yào tiào xià qu zhuā dào tā rán hòu wǒ zài dà mén kǒu jiē yìng nǐ

便，你需要跳下去抓到它，然后我在大门口接应你。"

"我也想这样，可是我突然想到我没有鞋子可以穿。"艾丽委屈（受到不应有的指责或待遇而心里难过）地哭着说。

"你为什么非要讲究那些细节，不穿鞋也照样可以走路呀！"

"你又不是女孩子，你当然不会懂这些。不过我有办法了，我可以先穿奶奶的鞋。"

他们成功地抓到小博比，并且送到了特尔先生的餐馆里。看到小博比的一瞬间，特尔先生非常的激动。艾丽和塔米给特尔先生讲述他们看到小博比的全过程，特尔先生高兴地说："我这就给你们结算报酬（形容得到他人帮助之后进行报答）。"

当特尔先生拿着鸡腿给小博比的时候，两个小孩看呆了，因为他们从来没有享受过这么好的待

遇。特尔先生似乎明白了一切，他急忙招待两个小朋友在餐馆里吃饭。

特尔先生就这样跟两个孩子还有小博比度过了一个愉快的下午。太阳已经落山了，特尔先生依旧在认真地开导塔米，希望他能够去救济院接受治疗。小博比这个时候待不下去了，它在门口焦急(形容人在遇到棘手的事情之时表现得焦虑、不安)地站着，并且时不时用爪子扒门。因为在小博比的意识中，夜幕降临的时候，它是一定要陪在主人老约克身边的。

特尔先生开门的一瞬间，小博比就冲了出去。艾丽平时跑步最快，可是她依旧追不上小博比。特尔先生担心小博比没有办法顺利进入墓地，就在它身后跟着。他想，等过了今晚就找守门人或者牧师、官员商议一下小博比的事情。可是当他距离小博比还有一千米的

时候，他听到守门人对小孩们严肃地说：“以后不经过我的许可，你们谁都不能 招惹这条狗，听懂了吗？”

特尔先生亲眼看到守门人将小博比抱进自己的门卫室，他非常吃惊，但是也非常开心，因为布朗终于可以接受小博比了。他没有上前再说什么，而是转身回到了自己的餐馆。

“布朗，你别这样看着我。我看到它伤心，自己也非常难过，所以就放它出去了。”

“你迟早要为你的善良买单，说不好我们就失业了，你明白事情的严重性吗？”布朗先生说完这话，摔门而出，小博比也乖乖地回到主人的坟头。

充分体现了守门人对小博比的维护。因为守门人已经了解了事情的始末，也感受到了小博比对老约克的眷恋之情，他非常同情小博比，才会想要维护它。

"小博比，我觉得你离开这里还是比较好的。"布朗无奈(表示没有办法了，无计可施)地说。

小博比并没有做出回应，依旧待在主人的坟头。布朗太太这个时候出来了，她泪流满面。

名师点拨

守门人见到小博比花了一夜时间捉到的老鼠，被它的忠诚打动了。在现实生活中，如果我们想要说服别人，就应当努力争取，让别人感受到自己的诚心。

第七章　博比被牧师发现

名师导读

守门人布朗先生从心底接受了小博比，可是为了工作，他不得不让它离开。到底小博比能不能留下来呢？

mù dì shì zuì zǎo zhī dao xià tiān dào lái de dì fang　yīn wèi zhè li zhòng
墓地是最早知道夏天到来的地方，因为这里种

zhe gè shì gè yàng de huā cǎo shù mù　dàn shì　xià jì wǎng wǎng yě shì bù
着各式各样的花草树木。但是，夏季往往也是布

lǎng xiān sheng zuì fán máng de shí hou　yīn wèi tā yào shǒudòng chú cǎo
朗先生最繁忙的时候，因为他要手动除草。

bù lǎng fū ren jiù bù tóng le　tā zǒng shì zuò zài bù lǎng xiān sheng shēn páng
布朗夫人就不同了，她总是坐在布朗先生身旁

zuò zhēn xian huó　xiǎo bó bǐ zé biàn shēn wèi zhěng gè mù dì de xiǎo jǐng chá　fù
做针线活。小博比则变身为整个墓地的小警察，负

zé qū gǎn
责驱赶（其解释为驱逐并赶走）那些不速之客。
nà xiē bú sù zhī kè

xiǎo bó bǐ bù xǐ huan zuò xiù gěi bù lǎng fū fù kàn　suǒ yǐ měi dāng
小博比不喜欢做秀给布朗夫妇看，所以每当

它把自己认为的份内事情做好之后，它就会回到老约克的墓旁边守着。

墓地有许多鸟儿，可是博比对于它们的叫声却一点都不敏感，它只关心墓地的门什么时候打开，它什么时候出去最合适，什么时候回来刚刚好。眨眼工夫，小博比已经待在墓地半年时间了，中间虽然被送走过，可是它依旧能够自己跑回来。布朗先生一直不知道怎么开口跟牧师讲这条小狗的事情，廉租房中的大多数人和学院里的学生们都知道小博比的存在，但是他们都不会去检举（是指向有关部门或组织揭发违法、犯罪行为，与"举报"的意义类似），毕竟小博比并没有给他们的生活造成困扰。

小博比每天中午听到报时炮都会奔到特尔先生的餐馆，它就这样自由自在地生活着。守门人每天晚上都会为它准备一顿晚餐，因为他知道，每当夜幕降临

的时候，无论小博比在哪里，它都会赶回来陪伴自己的主人。

博比不仅跟赫里奥特学院的学生玩耍，还跟廉租房的孩子们玩耍。塔米有空的时候，也总来墓地跟小博比玩耍。

"我今天中午带了午餐，我可以留下来吗？"塔米询问布朗夫人。

"当然可以，不过你为什么不回去呢？"

"特尔先生说任何一个地方都可以野餐。我的腿虽然治不好，但是这丝毫不妨碍我做一个聪明的人。你看小博比现在不就过得好好的。"塔米开心地说。

从看门人的角度来说明博比的忠心。

"你说得非常对，你和小博比都非常优秀。"

大门突然打开了，布朗夫人虚惊一场(指事后才知道是不必要的惊慌)，原来是布朗回来了。

"假如博比被发现了，我们是不是需要接受惩罚？"布朗太太担心地询问。

"不必害怕，车到山前必有路。"布朗虽然表面上装作无所畏惧，可是他心里却非常害怕。不过

他知道，能够袒护（对错误的思想行为无原则地支持或保护）这只狗的人，除了他还有特尔先生，并且小博比自己也会表现得非常出色。

学院的孩子放假了，布朗先生总是叮嘱他们要早早回家，可是乔蒂·罗斯和桑迪·麦格雷戈还是偷偷带领几个小伙伴溜进墓地。

他们高兴地在这里做游戏。下午的时候，他们对布朗先生说，想带着小博比一起出去郊游。

"今天是安息日，小博比是不能外出的，你不知道吗？我今天要给它洗澡，你们也应该回家洗洗澡了。"布朗先生生气地说。

可是孩子们一直在哀求，布朗先生非常无奈，只好说："我不是它的主人，我觉得你们有必要去问问特尔先生。"

他们带着小博比离开的时候，布朗还不忘叮

zhǔ shuō zhào gù hǎo tā tiān hēi zhī qián yí dìng
嘱说："照顾好它，天黑之前一定

yào bǎ tā sòng huí lai
要把它送回来。"

tè ěr xiān sheng tóng yì tā men wài chū dàn shì bì
特尔先生同意他们外出，但是必

xū xiān ràng bó bǐ bǎ gǔ tou sòng huí mù dì tā men
须先让博比把骨头送回墓地。他们

suī rán shuǎng kuai de dā ying le kě shì tè ěr xiān sheng
虽然爽快地答应了，可是特尔先生

què fā xiàn tā men yà gēn er jiù méi huí mù dì
却发现他们压根儿就没回墓地。

tā men dài zhe bó bǐ zài wài miàn wán le yì zhěng
他们带着博比在外面玩了一整

tiān bó bǐ yě fēi cháng kāi xīn huí lai de lù shang
天，博比也非常开心。回来的路上

tā men jīng guò kǎo gài tè jiē bó bǐ lì kè pǎo dào lǎo
他们经过考盖特街，博比立刻跑到老

yuē kè yǐ qián jū zhù de dì fang le dāng tā zài cì
约克以前居住的地方了。当它再次

dào dá zhè li de shí hou wǎng shì yòu fú xiàn zài yǎn qián
到达这里的时候，往事又浮现在眼前，

xiǎo bó bǐ kāi shǐ shāng xīn qǐ lai le
小博比开始伤心起来了。

tā men suī rán kàn chū lai bó bǐ bù gāo xìng dàn shì
他们虽然看出来博比不高兴，但是

què bù zhī dao yuán yóu xiǎo bó bǐ dī zhe tóu dú zì zǒu
却不知道缘由。小博比低着头独自走

zài qián miàn tā shùn lì de huí dào le mù dì bù lǎng
在前面，它顺利地回到了墓地。布朗

"低着头"、"不回答"等一系列动作描写，充分体现了小博比此时的悲伤心情。

先生叫它，它也不回答，直接奔到老约克的墓地。

布朗太太让他们把今天发生的事情都讲述了一遍之后，断定小博比一定是睹物思人（看见死去或离别的人留下的东西就想起了这个人）了。

孩子们没有听明白什么意思，所以只能上前轻轻抚摸小博比，希望能够安慰它。

五月马上就要过完了。这天晚上，特尔先生在墓地待了一会之后准备离开，教堂的李牧师也待在墓地门口准备离去。特尔先生迅速走出大门，可是当他再转身的时候，李牧师已经不见踪影了。

他担心小博比的行踪会被发现，所以就又返回了墓地。他刚进墓地没多久就发现，李牧师正在询问布朗，小博比则躲在隐蔽处观察。

"布朗先生，墓地门前的警示牌你没有看到吗？放一条小狗在墓地，你觉得这样做对吗？"

"牧师，你听我解释。这条狗跟其他狗不同，它不仅不会添乱，还能够维护墓地的秩序（原意是指有条理、不混乱的情况，是"无序"的相对面），墓地自从有了它，就再也没有野猫进犯了。"

特尔先生实在看不下去了，于是就站出来说："我也发现这块墓地自从有了小狗，鸟儿反倒是变多了。"

"原来你也非常看好这条小狗，不瞒你们说，我很早就知道这条小狗住在这里了。它能够如此恪守（严格遵守。恪：谨慎而恭敬）这里的规章制度，保持安静，这一点实在让我惊讶。"李牧师笑着说。

布朗先生明白这只是虚惊一场，就返回门卫室，只是他不明白牧师居然容许小狗待在墓地。特尔先生觉得这是一件很正常的事情，所以他跟李牧师开心地聊着。

"我之所以知道墓地里有一条小狗，是一次义诊的时候从一个读经人那里听说的。他告诉我小狗的主人孤苦伶仃（孤单困苦，没有依靠）地死去了，小狗一直衷心地陪伴着他。"

"它的主人叫老约克，是我最先发现他生病了，可是我却不知道他什么时候去世了，更不知道他埋在这里。"特尔先生说。

"我听诵经的人说,他回来找过这条小狗,可是小狗依旧不愿意离开这里。他起初还以为这条小狗早就投靠了新的主人,但是其他牧师却不这样认为。上周在教堂里,我还听说了它从农场逃回来的故事。我知道你也一直在暗地里照顾它,不然的话,这条小狗早就没命了,并且也不会再愿意回到这里了。"牧师说。

"您真是过奖了,我之所以对这条小狗这么好,是因为它的忠诚打动了我。自从它的主人去世到现在,它几乎每天晚上都要待在主人的坟墓旁边睡觉。"特尔先生说。

"小狗的温饱问题虽然解决了,可是小狗却非常缺爱。"牧师说。

"我不赞成您的说法,我和我的太太都非常爱它。我们的孩子不在身边,我们几乎把这条小狗

当成自己的孩子。并且除了我们，周围的孩子们也非常喜爱它，他们总是抽空过来探望小博比。"

布朗先生急忙解释说。

"我知道你们非常爱它，我也很爱它，我之所以这样说，是因为我觉得我们应该给小博比重新找一个主人。特尔先生，我觉得你做它的新主人再合

适不过了。"李牧师自信地说。

"这恐怕不行，小博比本身就不是老约克的，它属于农场主，只不过它不愿意跟农场主回去，因为在它心里，只有一个主人，那就是老约克。"特尔先生解释说。

布朗先生也大声说："特尔先生说得非常对。"因为他突然想起了前几天的事情，小博比路过老约克的住所，回来后闷闷不乐(形容心事放不下，心里不快活)，并且他太太还发现小博比睡的垫子上有眼泪。

"这条小狗真是太忠诚了，我都被它的故事感动了。我该离开了，不过走之前我想要跟你们说一下。我们现在递交小博比的材料还有些早，我会去跟那些老长老们谈谈，你们负责把小博比的材料都准备详细了，这些以后必定能

义犬博比
YIQUAN BOBI

yòngshàng lǐ mù shī dīng zhǔ tā men liǎng gè shuō
用 上 。"李 牧 师 叮 嘱 他 们 两 个 说 。

lǐ mù shī yǐ jīng zǒu dào dà mén kǒu le tū rán yòu zǒu huí lai shuō
李 牧 师 已 经 走 到 大 门 口 了 , 突 然 又 走 回 来 说 :

yǐ hòu ān xī rì xiǎo gǒu bú yòng jìn zú
"以 后 安 息 日 小 狗 不 用 禁足(禁止外出。指佛教僧

尼坐夏〈夏季三个月中安居不出,坐禅静修〉,避免

le wǒ xiāng xìn tā shì yì
灾祸或因过失受罚而不得外出)了 , 我 相 信 它 是 一

zhī dǒng shì de xiǎo gǒu
只 懂 事 的 小 狗 。"

名师点拨

虽然塔米的腿治不好了,但他始终保持着乐观的
心态,并没有丧失对生活的信心。在现实生活中,我
们也应当做一个内心乐观的人,积极向上,笑对生活。

087
PAGE

第八章 遭遇危机

名师导读

　　小博比在墓地守门人布朗先生的家里住了下来，随着时间的流逝，它的经历被更多的人知晓。接下来还会发生什么事情呢？

　　时间在慢慢<u>流逝(像水一样流去。亦形容势不可挡，或形容迅速消逝)</u>，八年过去了，小博比也在逐渐长大。它的毛发非常浓密，所以很少有人能够观察到它的牙齿和作息习惯。细心的人会发现，它现在睡觉的时间越来越久了，并且牙齿磨损得也非常严重。

　　特尔先生注意到了这些，他也明白狗的寿命是非常短暂的。假如一个人能活五十岁，那么狗最多

huó shí suì
活十岁。

sì yuè shì gè duō yǔ de yuè fèn yì bān tiān qì bù hǎo de shí hou cān
四月是个多雨的月份，一般天气不好的时候，餐

guǎn de shēng yi dōu fēi cháng de lěng qing
馆的生意都非常的冷清（冷落寂寞；冷静而凄凉）。

tè ěr xiān sheng kàn dào shú shuì de bó bǐ jiù zuò zài tā páng biān zǐ xì guān chá
特尔先生看到熟睡的博比，就坐在它旁边仔细观察

zhe xià wǔ diàn li lái le yí wèi gāo ào de jūn guān tā diǎn le xǔ duō cài
着。下午店里来了一位高傲的军官，他点了许多菜，

dàn shì tè ěr xiān sheng kàn dào tā diǎn cài de fāng shì dōu fēi cháng de tǎo yàn
但是特尔先生看到他点菜的方式都非常的讨厌。

jūn guān kàn dào tè ěr xiān sheng duì zì jǐ shì ér bú jiàn yú shì jiù dà
军官看到特尔先生对自己视而不见，于是就大

声说:"老板,我看上你家的狗了,开个价吧!"

语言描写,特尔先生虽然是个生意人,却十分重情义。

特尔先生礼貌地回答说:"对不起,这条狗不是商品,不能卖给你。"

军官听完特尔先生的回答,嘲笑他说:"我还以为商人都只认钱,没想到你居然跟其他人不同。"

特尔先生生气地说:"你不要把所有人都想得跟你一样!"

"我不在乎你怎么说我,不过我很好奇,为什么这条小狗不能卖呢?"

"不能卖的原因有三个,首先,我不是它的主人;其次,小狗对我很重要,并且它并不轻易把一个陌生

人当作主人；最后，作为军官，不要因为有几个臭钱就觉得自己非常了不起，世界上有些东西是钱买不到的。"

这位军官向来非常傲慢(指一种精神状态，含有自高自大、目空一切的意味，用于形容人的态度、表情、举止)，从来没有人敢在他面前这样说话。他听了特尔先生的话虽然非常生气，但是他受好奇心的驱使，还是邀请特尔先生跟他一起吃饭。

片刻工夫之后，两个人就像老朋友一样一边聊天，一边喝茶。其实，餐馆客人不多的时候，特尔先生是非常喜欢有个客人能跟自己聊天的，今天当然也毫不例外。特尔先生将小博比的事情全部讲给这个军官听，军官也将他在外面见过的小动物的事情讲给特尔先生听。军官说，他们每到一个城堡中，都会给动物建立一所公墓，所有死去的动物

都可以葬在这所公墓里，并且还可以立石碑，记载动物的名字和生前的主人。了解这些动物的事迹的士兵们，有时候还会去公墓里看望它们。

"我们来做个测试吧！我丢一个硬币，如果你的小博比凑过来，帮我把它捡起来，那么你的狗就归我。反之，我就不再追着它不放了。"军官笑着说，顺手抛出一个硬币。

小博比非常不给面子，它看到了军官抛硬币，却依旧躺在特尔先生身边一动不动。军官感到非常遗憾，他叫斯科特，在部队总部工作，现在只是下来视察(指察看；审察；考察；上级人员到下属机构检查工作)工作。特尔先生看他第一眼的时候，就感觉他与普通的士兵不太一样。

军官吃过饭，准备离开的时候，好意提醒特尔先生说："这条小狗这么可爱，不能总是待在墓地吧！

不然的话，它死去之后只会被当作垃圾处理掉。"

"你说的这种情况是绝对不会发生在小博比身上的！"

"事情还没有发生，你怎么知道就不会呢？"军官说完这句话就转身离开了。

军官说的也正是特尔先生所担心的，只不过他不愿别人讲出来。就在特尔先生还在为小博比的事

情发愁的时候，餐馆的门被推开了，原来是他的好朋友——警察戴维过来了。

"听说考盖特街要变宽了，普罗沃斯特勋爵要修建一个动物收养所。可是他爱好这个，并不代表所有人都要跟他一样。他不顾大家的抗议，依旧坚持自己的想法，这样迟早是会出事的。"戴维不高兴地说。

"这个用不着动气，我们好久没见了，还是聊一些开心的吧！"特尔先生一边安慰戴维，一边吩咐艾丽给小博比拿一根骨头。

戴维看到小博比，好奇地问："我经常来你的餐馆吃饭，怎么之前没见过这条狗，你是它的主人吗？"

"我的事情你不知道的还有很多，就像你的事情我也有许多不知道一样，比如你小时候得过麻疹（是由麻疹病毒引起的急性传染病，传染性极强，多见于儿童)，我都不知道。"特尔先生笑着说。

在特尔先生看来，这是玩笑话，可是戴维却认为特尔先生在羞辱自己，他临走的时候，嘴上还在不停地说着："你得罪我了，我是不会让你好过的，咱们走着瞧！"

戴维从餐馆出来之后，径直跑回警察局。他觉得必须要举报(意思是上报，检举，报告)一件关于特尔先生的事情，他才能消除心中的恶气。

第二天，特尔先生和戴维在警察局门前碰面了。戴维装作不认识他的样子，跟特尔先生交谈。他的言谈举止让特尔先生非常惊讶，但是戴维毕竟是警察，他要按照戴维的指示，将表格填写完整。这一整天对特尔先生来讲，简直是度日如年。

晚上的时候，特尔先生带着小博比来到墓地，他想见一下布朗先生，可是布朗太太说布朗的风湿病严重了，最近都不能见人。特尔先生为了不让他们

操心，索性（干脆；直接了当）就没把小博比的事情告诉他们。

特尔先生想要找到牧师帮忙，可是牧师却恰巧不在。夜幕已经降临了，小博比要回墓地守护老约克了，餐馆只剩下孤零零的特尔先生。

原来戴维白天给他的是罚单，关于私养宠物漏

义犬博比
YIQUAN BOBI

税（是指纳税人并非故意未缴或者少缴税款的行为）

和隐藏的事情。特尔先生整整一个晚上都在为这件事情担忧，天亮之前，他终于想到两个稍微具有说服力的理由。

天刚蒙蒙亮，他就起床来到出版社，想要找到格莱诺米斯顿，可惜，他只从格莱诺米斯顿的同事桑迪那里打听到他的消息，最终还是没能见面。但是，还好特尔先生跟这位同事说了，见到格莱诺米斯顿之后一定要让他过来找特尔先生，因为有大事，他现在要去找普罗沃斯特勋爵。

桑迪非常好奇，想要知道究竟发生什么大事情了，可是特尔先生却不愿意说那么多话，因为他知道自己属于言多必失型的人，最后临走的时候只说了一句是关于小博比的。

"原来是小博比的事情呀，它那么招人喜欢，又那么

忠诚，能有什么大事情？"桑迪关心地

问道。

"警察局要把它当成流浪狗宰杀

掉，我今天就是因为这个事情才需要去

法院申请，维护博比的权利。"特尔先

生声音响亮地说。

桑迪也非常喜欢小博比，听到特

尔先生这样一说，他立马放下手中

的工作，帮助特尔先生寻找勋爵。

特尔先生按照约定的时间来到法

院，他有些紧张，因为他是第一次来这

种地方，但是想想小博比性命堪忧，

他就立马鼓起勇气。轮到特尔先生发

言的时候，他声音洪亮地陈述了小

博比的一切以及自己的理由，甚至还

否认了法官的指控。

特尔先生虽然讲得句句属实，可是法官对他的话依旧存在质疑（提出疑问）。法官需要证人作证，可是遗憾的是守门人布朗最近风湿病严重了，不能出庭作证。廉租房中的孩子们虽然也是证人，只可惜他们年龄都太小，不能够出庭作证。

法官给特尔先生两种选择，一种是缴纳罚款，另外一种是不再给这条小狗提供食物。特尔先生当众否决法官的判决，法官气得满脸通红。看到特尔先生无视法律，大家都笑了起来。这时，一个小男孩将一张便条纸送到法官手中，法官看过便条之后说："案子今天就审理到这里，我可以给被告时间，让他找到能够出庭作证的人。"

法官态度的大转变，让特尔先生感到十分惊讶。当他走出法庭的时候，这个小男孩也给他递过

来一张纸条，他看过之后，脸上立马浮现出开心
的笑容。

小博比已经好几天都没有洗澡了，特尔先生
回到餐馆之后，立马吩咐艾丽放下手中的活，先
给小博比洗个澡。艾丽从来都没有给动物洗过澡，
所以她请示（是向上级机关请求指示、批复或批

准时使用的频率极高的一个上行文种、公文）特

尔先生说："我把小博比抱回墓地，让布朗夫妇给

它洗澡吧！"

特尔先生同意了，但是他的前提是必须在明天

早上八点之前把小博比带到餐馆来，因为他要带

着博比去教堂管委会呢！

名师点拨

戴维被特尔先生的玩笑话惹恼了，他以为自己被羞辱了。在现实生活中，我们要注意开玩笑的分寸，同时要做一个豁达大度的人，不要对别人的玩笑话斤斤计较。

第九章　许可证

名师导读

法庭风波暂时告一段落,接下来还会发生什么事情呢? 神秘的小男孩究竟是什么身份? 特尔先生最终能够找到出庭作证的人吗?

艾丽和塔米是形影不离的好伙伴,太阳已经高高升起来了,艾丽依旧在赖床,幸好塔米及时叫醒了她。她才想起昨天特尔先生交给自己的工作——要帮小博比洗澡。她穿好衣服,叫上塔米一起来到墓地的门卫室。他们在布朗太太的指导下,成功地给小博比洗了洗澡。

小博比向来都非常喜欢跟他们玩耍,洗澡的时

候当然也不例外了。为了将小博比的毛发清洗干净，艾丽和塔米的衣服都湿透了。小博比本身就非常的聪明，特别招人喜爱，洗过澡之后，就更加漂亮了。

它刚从浴盆中出来，就急忙叼起自己的骨头，站在门卫处等候。布朗太太刚把门打开，小博比就冲进屋子里了。艾丽和塔米也紧跟着走进屋子里，他们看到小博比将自己的骨头放在布朗先生身边。

布朗先生被小博比的这个举动打动了，他急忙将小博比抱到自己怀里。小博比也将自己的脸贴在布朗先生身上蹭了蹭，用来表示爱意。

其实，自从布朗先生生病卧床开始，小博比每天都会送来一根骨头，也许在它心中，骨头是包治百病的食物，但是它的一举一动布朗先生都看在眼里。布朗先生今天非常开心，竟然(意思是表示出乎意料，不在意料之中)给小博比吹起了自己最

拿手的曲子《可爱的邓笛》，屋子里的每个人看到这

一幕都非常开心。

艾丽扭头看了看墙上的时钟，因为她要赶在特

尔先生昨天交代的时间前回去。她虽然不知道特尔

先生要带小博比去哪里，可是她从特尔先生的神情

中能够看得出来，这件事情刻不容缓（刻：指短暂的

时间；缓：延迟。指形势紧迫，一刻也不允许拖延）。

塔米和艾丽一路护送小博比，他们刚转过弯就看到特尔先生衣帽整齐地站在餐馆门口。特尔先生没有多说什么，只是凝视了小博比一会，就带着它离开了。原来，昨天那个小男孩送来的纸条上面写着：明天早上八点，你带上小博比，咱们在圣贾尔斯教堂旁边的雷根特墓碑前见面——普罗沃斯特勋爵。

他们看着特尔先生走远了，就各自离开了，塔米返回墓地，艾丽则迅速赶到餐馆。当她走到餐馆门口的时候，刚好撞见一位红头发的男孩。

"你是在特尔先生餐馆帮忙的吗？请问你知道昨天法院怎么处置（指处罚；分别事理，使各得其所）那条小狗了吗？"小男孩关切地询问。

艾丽非常喜欢博比，一听到法院要处置它，吓得说不出话，半天才缓过神来，问道："特尔先生没有去法

院，他刚才带着博比去教堂了。"

"我现在要赶着去上班，我叫桑迪，等特尔先生回来，请你转告他，我随时可以出庭作证。"男孩一边说着，一边就慌慌张张地跑了。

艾丽实在没有心思上班，于是就在后面追着这位男孩，想要从他那里打听到小博比到底怎么了。

"你好，请问小博比到底怎么了？是不是遇到什么麻烦了？你能告诉我吗？"

"小博比没有主人，现在法院需要找到可以给它缴纳养犬许可证费用的人，否则，小博比将会被抓起来。"

"办理养犬许可证需要多少钱？"艾丽关切(指关心，多用于对人，领导对群众，长辈对晚辈或同志之间，语意较重)地问。

"应该七百元左右吧！我还着急上班呢！我们有

空再聊。"桑迪着急地说。

在艾丽看来，七百元是个不小的数目。因为对于低收入的家庭，七百元就是一个月的房租。她和奶奶虽然都可以赚钱，可是跟七百元相比，她们赚的钱真是少之又少。艾丽无奈之下，决定进行义捐（为资助公益事业而捐献的财物），她准备跟塔米商量一下，两个人把自己仅有的六十元私房钱全部拿出来。

艾丽在寻找塔米的路上，遇到了寻找小博比下落的警察。她一向见到警察就紧张，可是这次她却非常的从容（指人处事不慌张，很镇定；舒缓悠闲的样子；充裕、不紧迫）。警察走后，

虽然他们没有钱，为了小博比，他们也愿意把所有的钱拿出来。这一方面说明他们的善良，一方面说明小博比讨人喜欢。

她自己蜷缩在角落里哭泣，恰巧塔米从这里经过。

艾丽将小博比的事情全部讲给塔米听，这件事情

对于两个小孩而言是件大事，他们找不到合适的

方法也找不到合适的人求助。

两人最终向搬运公司走去，他们想将博比的

故事讲给搬运工听，也许他们会捐款。可是这些搬

运工压根就没有听说过这个名字，他们猜想廉租房里的人一定知道小博比，也许他们愿意捐款。

当他们到达廉租房的时候，许多跟他们同龄的小孩听说小博比遇到困难，纷纷拿出自己的零花钱想要救出小博比。许多家长和长辈听到小博比的故事，也都慷慨解囊（慷慨：豪爽，大方；解囊：解开钱袋拿出钱来。形容极其大方地在经济上帮助别人）。塔米和艾丽就这样一路走着讲着，身后跟随他们同行的人也越来越多。

塔米觉得他们需要统计一下现在到底募捐了多少钱。清点之后，发现还差一百五十元。

跟随着的人越来越多，这充分说明小博比的故事不同寻常，也说明了大家很有同情心，纷纷自觉主动地参与到拯救小博比的行动中来。

艾丽觉得能去的地方已经去过了，剩下的几个地方应该会一无所获。可是为了剩余的一百五十元，艾丽还是挨家挨户（每家每户，户户不漏。挨，依次，顺次）地敲门。最终，乔蒂·罗斯开了门，他以前也经常跟博比玩耍，可是他现是一名穷学生，身上并没有什么钱。为了凑足剩下的钱，他拉着艾丽到了另外一间房子，毫不客气地对那间房子里的主人说："把你身上的所有钱都交给这位小姑娘，不然我可要揍你了！"

拯救小博比的七百元已经凑够了，塔米和艾丽以及跟随他们的小伙伴都非常开心。

此时的小博比正在教堂里面捉老鼠，当特尔先生带着小博比来到这里的时候，普罗沃斯特勋爵早就已经到了。两个人寒暄（见面时谈天气冷暖之类的应酬话）过后，普罗沃斯特勋爵压根不提小博比的事情，一直在聊爱丁堡的古建筑。

特尔先生成功将话题转到小博比身上，勋爵开口说："我从教堂的李博士那里听过一些关于这条小狗的故事，当时觉得非常感人，也非常想去墓地看看，可是一直都抽不出时间。我愿意出庭作证，也愿意做这条小狗的辩护人，但是麻烦您把小狗的所有事情完完整整地给我讲述一遍。"

小博比这个时候也非常安静，它趴在两人中间，

静静地听特尔先生讲述自己的过往。每次提起老约克，特尔先生都非常的内疚（是指对一件事情或某个人心里感到惭愧而不安的一种心情），这次也毫不例外。他觉得如果不是自己大意，老约克可能也不会那么快去世。不过讲到老约克生病的时候，特尔先生重点表扬了小博比。

　　"你为什么对这条小狗如此好？是不是有其他企图？"勋爵直言不讳（讳：避忌，隐讳。说话坦率，毫无顾忌）地问道。

　　"我之所以对小博比好，不仅仅是因为老约克的缘故，还有小博比的所作所为也让我非常感动，我没有理由不对它好。"特尔先生解释之后接着说，"其实，我们都不舍得小博比离开，老约克也一样，虽然他知道博比终究要回到农场，可是每次提起这件事情的时候，他的情绪都非常低落。"

义犬博比
YIQUAN BOBI

"你看小博比的眼神多么坚定，它是不会离开的。"

勋爵拨开小博比的毛发，看着它的眼睛说。

特尔先生讲完后，勋爵淡淡地说了句："想要留下博比就跟我来吧！在这里肯定解决不了。"

他们带着博比来到布道坛前，还没有来得及说话，就听到外面嘈杂（声音杂乱扰人；喧闹嘈杂）的声音，原来是艾米和塔米来了。他们从来没有去过警察

局,现在走到这里迷路了。

小博比好像听出是他们,急忙冲过去。艾丽立马抱起博比,激动地说:"小博比你还活着,太好了!特尔先生,你把这七百元钱交给警察局,让他们放了小博比吧!"

特尔先生看着这么多零钱惊呆了,他从塔米那里知道这些钱都是他们募捐得来的。他在心疼孩子们的同时,也为小博比感到自豪(自己感到光荣,值得骄傲),有这么多人都喜欢它。

勋爵看到这一幕也十分的欣慰,他从口袋中掏出一个项圈,孩子们凑上去看到上面写着:格雷夫利亚斯·博比普罗沃斯特勋爵赠许可证1867年颁发。

名师点拨

在大家的帮助下,钱终于凑齐了,可见集体的力量是无穷的。在现实生活中,我们要学会团结,因为团结可以凝聚力量,解决一个人所难以解决的问题。

第十章　博比失踪了

名师导读

在众人的努力下，钱终于凑齐了。可是事情真的结束了吗？接下来还会有新的麻烦出现吗？

正在大家都为博比得到项圈而开心的时候，街上的军乐响起来了，大家都凑上前去看热闹。特尔先生跟勋爵告别后，就将小博比送回墓地，因为他还要去集市上购买餐馆所需的食材。他想等自己下午闲暇（指人们扣除谋生活动时间、睡眠时间、个人和家庭事务活动时间之外剩余的时间）的时候，再将这件事情告诉布朗先生。

小博比乖乖地待在墓地，它在主人的坟头安静了片

刻，然后就开始不停地打滚，因为它非常不适应自己脖子上挂着铜牌，它想要通过打滚，把这个铜牌甩下来。折腾了半天都没成功，小博比开始接受现实，它将自己的毛发梳理一番，将铜牌盖在下面。

外面的军乐声越来越大，小博比也是喜欢热闹的，它多么想这个时候能去外面看看，恰巧一位贵妇来到墓地，当她推门的一刹那，小博比就顺利溜出去了。

小博比开心地跟随部队的脚步行进，但是由于它太兴奋了，居然没有记住来时的路。部队行进途中休息的时间，小博比并没有休息，它一直在赶路，想要看看前面还有什么风景，想要看看自己曾经跟老约克一起待过的地方。这片土地对它而言再熟悉不过。山坡上站着一位小姑娘，她可能也是听到军乐声才过来的吧！这位小姑娘不是别人，正是农场主的小女儿埃西尔，小博比走进农场里转了转，朝着小姑娘叫了两声，小姑娘这才认出小博比。

"妈妈，快过来看，小博比想我了，它回来找我了！"埃西尔兴奋地说。

"你该不会是认错了，我们这里有许多跟小博比一样的小狗，并不是任何一条狗都是小博比，你明白吗？"

女孩的妈妈一边做饭，一边探出头来，她看到

小博比的时候，自己都惊呆（指因忽然出现或来临而发呆的意思）了："天呀！小博比真的回来了，它一定是跟着行军队伍找到这里的，你看它现在多可爱，不知道它现在是否还住在墓地里？"

埃西尔和小博比开心地玩耍着，她的妈妈提醒她说："你不要总是跟它玩耍，它一定非常饿，你赶快给它准备一些它最爱吃的雷鸟蛋配奶酪，这些食物它在墓地里一定不经常吃。"

埃西尔带着小博比在农场周围到处玩耍，她们顺利拿到了雷鸟蛋，只不过她们都非常有爱心，只拿了几颗。

充分体现了埃西尔的妈妈是一个体贴入微的人，她不仅注意到小博比可能肚子饿了，还叫埃西尔准备小博比爱吃的食物，这是非常细心的举动。

小博比正沉浸在美食中的时候，军队的集结号吹响了。小博比急忙向屋外跑，可是埃西尔已经提前把门关住了。小博比在屋里一直尝试用不同的方法逃走，埃西尔的妈妈也劝说她把小博比放了。最终她的妈妈将屋门打开，小博比纵身一跃（指双腿发力，身体高高弹起，越过障碍物），刚好跳到埃西尔

身上。它想要再次逃走，可是埃西尔却紧紧地抱着它。

这时，埃西尔的妈妈看到小博比脖子上的项圈了，就说："大家都非常喜欢这条小狗，并且这条小狗也已经有新的主人了，我们现在必须要把它送回去。"

小博比就这样顺利离开了，军队行进到爱丁堡，可是他们却没有走墓地和餐馆那条路。小博比沉迷于军队的乐声中，竟然忘记了回去。

走着走着，小博比停下来了，因为它这次来到了山顶，但是它并不知道下山的路。中午的报时炮响起了，它大声地叫着，可是报时炮的声响远远盖过它的叫声。几位士兵注意到小博比，并且被它的叫声逗乐了。

小博比为了自身的安全，就避开士兵的目光，躲到城堡顶端。这时，正在工作的斯科特中士看到了小博比，他一眼就认出这就是餐馆里那条狗。

"餐馆的主人说你是一只很有能力的狗，刚好我

要利用这次机会考验一下。"斯科特中士对小博比说。

午饭的哨声已经吹响，斯科特中士吩咐（口头指派或嘱咐）自己的手下迈克莱恩把它带到军队的食堂里，帮忙照看一下。

斯科特中士的话还没讲完，视察军队的执勤官就推门而入了。他一眼就注意到了小博比，并且让斯科特中士将小博比的事情讲给自己听。执勤官听完故事之后，建议斯科特中士把这个故事告诉所有人，因为这条小狗是忠诚的象征（借用某种具体的形象的事物暗示特定的人物或事理，以表达真挚的感情和深刻的寓意，这种以物征事的艺术表现手法叫象征）。

小博比的名气在部队里迅速上涨，迈克莱恩也在其他士兵面前炫耀这条小狗。但是，由于他也有许多工作要做，所以他不得不把小狗关在斯科特的卧室里。斯科特中士听到军号再次响起的时候，打算

xùn sù zuò hǎo shǒuzhòng de gōng zuò　rán hòu bǎ xiǎo bó bǐ shùn lì sòng xià shān
迅速做好手中的工作，然后把小博比顺利送下山。

　　xiǎo bó bǐ kàn dào tài yáng yǐ jīng xià shān le　jiù shùn zhe shān lù yì zhí
　　小博比看到太阳已经下山了，就顺着山路一直

xiàng xià zǒu　kě shì dào dá dà mén kǒu de shí hou　què fā xiàn xū yào tōng xíng
向下走，可是到达大门口的时候，却发现需要通行

zhèng xiǎo bó bǐ dāng rán yě bù lì wài　shì bīng men gēn xiǎo bó bǐ wán le yí
证，小博比当然也不例外。士兵们跟小博比玩了一

huì　jiù qù yì biān xiū xi le　yīn wèi tā men liào dìng xiǎo bó bǐ shì méi bàn fǎ
会，就去一边休息了，因为他们料定小博比是没办法

dǎ kāi dà mén de　xiǎo bó bǐ chá kàn le yí xià sì zhōu de dì xíng　fā xiàn
打开大门的。小博比查看了一下四周的地形，发现

zì jǐ dí què méi yǒu bàn fǎ táo chū qu　zuì hòu tā méi bàn fǎ　zhǐ hǎo zǒu xiàng
自己的确没有办法逃出去，最后它没办法，只好走向

灯火通明（描述灯光火光将黑夜变得非常明亮）

的广场。

特尔先生从塔米那里知道小博比还没有回墓地，并且墓地现在来了很多人，因为住在廉租房中的人们都想看看小博比的新项圈。

塔米和特尔先生因为小博比的失踪都非常担心，他们迅速赶到墓地。布朗太太在门口焦急地说："小博比可能真的失踪了，拜托你不要把这个消息告诉布朗，他会承受不了的。"

"你先不要着急，我相信小博比一定会回来的。你就这样跟布朗先生说，不，还是我来说吧！"特尔先生淡定地说。

"特尔老弟，你不要一个人霸占（指仗势占为己有）着博比，我已经好久都没有见它了，快把它带来让我见见。"布朗先生说。

"不是我不让你见，勋爵带着小博比回乡下的别墅了，等他把博比送回来了，我一定第一时间给你送过来。我现在还有事情要忙，你早点休息。"特尔先生说。

特尔先生出来后，看到大家都伤心地站在门口。艾丽关切地询问："老板，小博比是不是已经死了？"

"孩子，不要胡思乱想(指没有根据，不切实际地瞎想)。小博比有可能受伤了，躲在哪里养伤呢！我们分头行动，一起去找它，记住，千万不要错过任何一个角落。"

大家为了早点找到博比，纷纷点起了平时不舍得用的牛眼灯。现

细节描写，说明博比在大家心目中占据着重要的位置。

在，墓地和廉租房周围到处都是灯火通明。人们把墓地都翻遍了，可博比依旧杳无音信，大家渐渐失望了。特尔先生非常了解博比，如果不是死亡或者被困住了，它是不可能抛下老约克的。天色越来越晚，雾气已经将整个城堡都笼罩(指广泛覆盖的样子)了，这种天气待在墓地里是非常恐怖的，虽然有

灯光，可是墓地依旧伸手不见五指。

特尔先生考虑到大家的安全，就建议大家先回去。

布朗太太着急地哭了，因为她觉得小博比可能已经死了。在特尔先生的安慰下，她终于回到房间睡下了。

特尔先生也离开墓地，回到自己的餐馆里。

墓地晚上从来没有不锁门的规矩，可是今晚他们要破例了，因为他们不能断定小博比什么时候回来。

他们坚持要为小博比留门，因为他们坚信，小博比一定会回来的。

名师点拨

小女孩埃西尔想要留住小博比，妈妈劝她把小博比送回去，因为它已经有了新的主人。在现实生活中，我们要做一个懂事明理的人，不要霸占不属于自己的东西。

第十一章　博比回来了

名师导读

　　小博比失踪了，墓地的人们破例为它留了门，聪明的它会主动回来吗？斯科特中士回来后会发现小博比的失踪吗？他会怎么做呢？

　　斯科特中士再次回到自己房间的时候，发现小博比不见了。他想要通知（是运用广泛的知照性公文）值日士兵过来汇报，他们究竟在哪里见过小博比。但是现在他们正在为女王祈福，只有祈福仪式结束后，他才能见到这些士兵。

　　小博比走着走着就来到了餐厅，这里的军官都没有注意到它的到来。它选择了一个角落，一边休息一

边警觉，方便在不测的时候第一时间逃跑。小博比现在一点办法都没有，所以它希望能够找到一个可以求助的人，它已经去过医院、体育馆，可是都无济于事（对事情没有什么帮助或益处。比喻不解决问题）。

小博比想要凭借自己的表演吸引守门的士兵，可是这些士兵只是欣赏它的表演，并且企图（就是有图谋的意思）让它表演更多，最后小博比逃离了。

医院并没有人注意它的表演，所以它灰心丧气地离开了。小博比在餐馆也同样表演了，可是餐馆的士兵们非常无情，居然让它表演直立行走，并且有个士兵还在后面故意拉着它的腿。小博比本能地咬了他一口，然后迅速逃离餐厅。直到小博比确保士兵不能追上自己，这才停下了脚步。

经过这么多次的戏弄（轻侮捉弄），小博比不愿再靠近士兵们。它总是躲得远远的，不愿意让任何人

接近自己。它一直在大门口周围徘徊，希望能够得到机会逃跑。它听到周围有人在叫它，可是它就是不愿意出来。

其实，这些人是斯科特中士派过来的，他们知道小博比的故事后都非常感动。大家都在呼唤小博比，最终当呼喊声和脚步声都渐渐安静下来的时候，小博比出现了，这个时候小门也渐渐打开了。

小博比再次来到餐厅，上尉正在跟大家讲述这只勇敢而又忠诚的小博比，他想让大家都看一下，但是随从却说这条小狗现在找不到了。小博比依旧在寻找可以帮助自己的人，这个时候上尉低下头，他感觉有东西在挠自己的腿，原来正是小博比。上尉将它轻轻抱起来，并且将它的故事讲给在座的每一个人听。上尉担心小博比紧张，就一边讲述一边抚摸它。结果他在小博比的脖子上发现了一个项圈，也正是从这个项圈上，他知道这只狗的名字叫小博比，它的主人是普罗沃斯特勋爵。

小博比用近乎哀求（意思是苦苦地请求）的叫声祈求上尉能够放它回去，上尉安慰它说："再等一等，大家请看它的眼睛，从它的眼睛中，我们能够看到满满的伤心，我们必须马上送它回去，不然它可能就会死去。"

一位高级军官说："斯科特中士，你赶快把它送回墓地吧！并且对餐馆老板和墓地夫妇送上我们的歉意。"

斯科特中士将小博比放在门口，他回屋去取自己的通行证。雾气越来越大，道路的能见度也在不断降低，一米之内甚至都看不清对方的脸。门岗的哨兵看了看天气，对斯科特说："请您回去吧！这种天气我是不会放任何人下山的，您还是明天一早再送它走吧！"

斯科特跟门岗的哨兵吵了起来，小博比觉得事情不妙，于是就在一边哭了起来。斯科特急忙抱起小博比安慰它，哨兵想要接过小博比，可是小博比压根（从来，本来，根本）就不理他。小博比跳下斯科特的手臂，然后飞快地爬到陡峭的悬崖峭壁上。

小狗停在原地，观察自己该朝哪个方向走。斯

义犬博比
YIQUAN BOBI

外貌描写，描绘出一只可爱、灵活的动物的形象，虽然我们可能没有见过这种动物，但是看完这里的描写，就知道它是谁了。

科特和其他士兵想要上前安慰它，顺便将它抱回来，而小博比却顺势跳进树丛中，再没有一点声响。

小博比知道前面的路可能非常的坎坷和曲折，可是它似乎听到了老约克的召唤声。它想要依靠自己的嗅觉向前行进，可是遗憾（由无法控制的或无

力补救的情况所引起的后悔）的是，嗅

觉居然不管用了。它知道自己迈出每

一步都有可能会丧失生命，但是它依

旧找不出让自己停下的理由。

它摔倒了好多次，一会碰在石头

上，一会掉进荆棘丛中。来回折腾的

它还没走多远已经遍体鳞伤（浑身受

伤，伤痕像鱼鳞一样密。形容受伤很重）

了，下山的路不怎么好走，博比为了

保障安全，爪子牢牢地抓住每一块

岩石，最终爪子都破了。它不止一

次地摔晕过去，可是当它醒来的

时候，大脑中还是会有一个坚定

的信念：我一定要回到墓地，陪伴

在老约克身边。

心理描写，和老约克相比，生死都不那么重要了，博比的忠心让人感动。

它经过了一路的磕磕碰碰(就是不顺利,有波折),

终于到了山脚下,这里的雾气也非常的大。它顺着自

己经常走的路,顺利到达了墓地。虽然现在的路已经

平坦许多,可是它的脚走起路来还是会非常痛。它看

到墓地的大门没有上锁,于是就顺利地躺在老约克坟

前。此时此刻,它一点多余的力气都没有了,浑身瘫软

地倒在地上。

清晨,小鸟发现了浑身都是泥土和荆棘的小博比,

可是小博比却不再回应小鸟的呼唤。因为小博比现在

非常不好,它浑身颤抖,体温也非常低。

塔米看到博比躺在老约克墓前,急忙从廉租房那

里跳过来。往常博比都会上前迎接他,可是今天博比

却待在原地一动不动。塔米将博比抱在怀里,大声尖

叫起来。布朗太太和艾丽听到叫声急忙赶来,她们发

现小博比虽然回来了,可是凶多吉少(指估计事态的

发展趋势不妙，凶害多，吉利少），性命堪忧(xìng mìng kān yōu)。

乔蒂·罗斯也急忙赶来这里，对于学医的他来说，

救死扶伤(jiù sǐ fú shāng)（抢救生命垂危的人，照顾受伤的人。现形容医务工作者全心全意为人民服务的精神）是一种(shì yì zhǒng)

本能。他穿过人群，将鹿角精放在小博比的鼻子上，一会功夫，小博比就恢复了知觉。

"大家请保持安静，我们将小博比平躺放在地上，我这就给它喂药，我相信小博比一定会没事的。"乔蒂·罗斯冷静地说。

特尔先生听说小博比回来了，立马赶来墓地。乔蒂·罗斯给他分析小博比的伤情，以及可能造成这些伤情的原因。特尔先生笑着说："乔蒂，我知道你也非常担心小博比的健康，不过我建议，最好让我的私人医生瞧瞧，才能确定小博比的病情。"

医生在布朗太太的厨房先给小博比洗了个热水

澡，然后对它进行治疗。小孩子们都趴在窗户上观看，这时，墓地闯入一个男人，这个人正是斯科特中士。他非常担心小博比的安危，于是就冲到厨房询问。

"小博比还活着，太好了！"

"你怎么知道它叫博比，它的遭遇(指碰上，遇到的)跟你有什么关系？"特尔先生不解地问道。

"你们不要生气，如果你们不介意的话，我去换一套衣服，然后任凭你们处罚，只是不要弄脏了女王给的服装。"

"打你我们还嫌脏了自己的手，我只会一脚把你踢出这个国家。"特尔先生说完这句话，转身就离开了。

小博比接受治疗后，布朗太太急忙端上热乎乎的肉汤燕麦粥。布朗先生还不知道发生什么事情了，他只是看到特尔先生的医生在给小博比做诊断。

"小狗只是擦伤，休息一周就会好起来。我估计它是从城堡上跳下来的，这只狗的勇气真是让人佩服。"医生说。

布朗先生此刻已经知道了小博比的所有事情，他

非常自责。因为在他看来，如果他没有生病的话，小博比就不会遭受这么多的苦难了。

人们看到小博比的伤势没那么严重，也都纷纷散去了。特尔先生走到门口的时候，有个人拿着报纸在询问小博比和特尔先生的下落。原来小博比沾了普罗沃斯特勋爵的光，登报纸了。

特尔先生开心地说："我就是你们要找的特尔先生，小博比昨晚受伤了，暂时不能见你们，有什么问题可以问我。"当他把这句话说出来的时候，他就后悔了，因为有接连不断（一个接着一个而不间断）的人找上门来采访。

从此之后，这里的人每天晚上都会举行一个仪式（多指典礼的秩序形式，如升旗仪式等，在古代这个词也有取法、仪态或者指测定历日的法式制度的意思），直至小博比去世。人们每天晚上都会打开自己的窗户，

並且在窗台擺上蠟燭，心中默默地說："晚安，小
博比。"大家都知道小博比是孤獨的，所以想要通過
這種方式表示自己對小博比的愛，讓它不會孤單。

斯科特中士是小博比失踪的罪魁祸首，但他没
有逃避责任，而是主动来到墓地，为自己的过错诚
恳地道歉。在现实生活中，我们要勇于承认错误，
知错就改才是好孩子。

第十二章　纪念碑

名师导读

思念主人的小博比回到了墓地，它会在墓地住多久呢？接下来还会发生什么事情呢？当它怀念主人的时候，人们也在怀念它。多年后，人们会怎样纪念小博比呢？

xiǎo bó bǐ cóng chéng míng dào xiàn zài yǐ jīng wǔ nián le tè ěr xiān sheng yǐ wéi
小博比从成名到现在已经五年了，特尔先生以为

dà jiā dōu yǐ jīng bǎ tā dàn wàng
大家都已经把它淡忘（对事物的记忆逐渐淡薄以至遗

le qí shí dà jiā dōu hái yī jiù jì zhe tā
忘）了，其实大家都还依旧记着它。

yīn wèi xiǎo bó bǐ suǒ zài de gé léi fū lì yà sī mù dì shì chéng zài dāng
因为小博比所在的格雷夫利亚斯墓地是承载当

dì lì shǐ wén huà de mù dì zài quán shì jiè dōu xiǎng yù shèng míng
地历史文化的墓地，在全世界都享誉盛名（是在社

huì shàng qǔ dé hěn gāo de shēng yù měi nián dōu huì yǒu dà pī yóu kè lái zhè li
会上取得很高的声誉），每年都会有大批游客来这里

参观，并且住在爱丁堡的人每年也都会过来这里给自己的亲人扫墓。老约克的墓地也成了其中的一个景点，因为这里一直有一只忠诚的狗守护着，这让大家时时刻刻都能想起老约克。

小博比现在也渐渐老去，它没有以前那么爱动了。现在它给自己限定的活动范围总是在老约克墓地附近，无论刮风下雨，它都会在附近。有些游客看到它

会非常喜欢，假如小博比刚好也喜欢这位游客，它就会让游客看它脖子上的项圈。伯德特·库茨男爵夫人为了观看小博比和它的项圈，还专门从伦敦赶过来，要知道，她是仅次于女王的尊贵女性。

小博比每天都会早早地起来巡逻(意思是行走查看警戒)，绝对不放过任何一个在这个地盘做坏事的家伙。巡逻之后，它就安心地在主人墓前继续睡觉。

这一天是重要的一天，因为有贵客来访。小博比跟廉租房的小孩子们玩过游戏后，听到报时炮响了，就迅速赶到特尔先生的餐厅吃午饭。午饭过后，小博比舒服地躺在椅子上睡着了。直到特尔先生送走最后一位客人，跟路人大声聊天的时候，小博比才醒来。

天黑之前小博比就会跟特尔先生告别返回墓地，这个时候它最喜欢特尔先生对自己说话的时候加上"孩

子"两个字，如果没听到这两个字，它就会讨好（为得到好感或讨人喜欢而去迎合某人）特尔先生。

博比听到特尔先生讲完自己爱听的话，就离开餐馆返回墓地。它从大门口经过，没有看到布朗夫妇，于是它就直接跑到老约克的墓地旁边。这个时候贵客伯德特·库茨男爵夫人推门而入，她吩咐马夫马车五点后过来接她。

小博比看到男爵夫人进来，丝毫没有起来迎接的意思。男爵夫人不在乎这些，她依旧用慈爱的目光看着博比。博比感觉跟她在一起非常舒服，所以就任由男爵夫人抚摸它，并且看它的项圈。

男爵夫人正在自言自语的时候，艾丽进来了。

小博比看到她急忙上前打招呼，男爵夫人看到艾丽，好奇地问道："那边房子的窗户为什么都擦得这么亮呢？"

"不擦亮窗户就看不到小博比了，以前我们都在窗户上面晾晒衣服，现在我们都在窗户上摆放香料，希望这样可以增进小博比的食欲。"

这个时候，塔米也走了过来。

"这条小狗在这里住了多久，你知道吗？"男爵夫人问塔米。

"差不多有十四年了吧！"塔米回答。

　　　　　dui yú gāo dì gǒu ér yán　　xiǎo bó bǐ　yǐ jīng shì suì shu hěn dà
"对于高地狗而言，小博比已经是岁数很大

de　le
的了。"

　　　　ài　lì tīng dào fū ren de huà fēi cháng shāng gǎn　　tā duì da mǐ shuō　　wǒ
艾丽听到夫人的话非常伤感，她对塔米说："我

fā xiàn yí kuài fēi cháng hǎo de　dì fang　　dào shí hou wǒ men kě yǐ bǎ xiǎo bó bǐ
发现一块非常好的地方，到时候我们可以把小博比

zàng zài nà　li　　kě lián de tā bù néng gēn zì　jǐ　de zhǔ ren zàng zài　yì　qǐ
葬在那里，可怜的它不能跟自己的主人葬在一起。"

　　　　nán jué fū ren tīng le　ài　lì de huà shí fēn zhèn jīng　　tā zhàn qǐ lai zhǔn
男爵夫人听了艾丽的话十分震惊，她站起来准

备离开的时候，叮嘱（再三嘱咐）艾丽和塔米，她要去一趟伦敦，让他们两个在她回来之前，一定要好好照顾小博比。

一个星期之后，男爵夫人从伦敦回来了，她在普罗沃斯特勋爵的陪伴下来到墓地。特尔先生也受邀来到这里，他非常激动，因为从来没有一位如此高贵身份的人邀请过他。起初他紧张得说不出话，后来跟男爵夫人接触后，发现她是一位容易相处的人，于是才开始滔滔不绝（指说话一张嘴就没有尽头，形容说话连续不断口才好）地讲解。他们三个愉快地一起聊天，博比也在他们面前愉快地玩耍。

"博比应该拥有一块纪念碑，你们觉得是不是？另外博比是不是从来都没有画像？"男爵夫人望着熟睡的博比说。

"我前几年请丹尼尔·麦克里斯给他画过一张，现在就在我家放着呢。"

"我记得他并不擅长动物的画像，我觉得没有人能超越兰西尔。"夫人信心十足（比喻对所要做的事充满干劲，有百分之百的信心去做好，完成）地说。

"古尔利·斯特尔先生在画动物画像方面也是非常专业的，他最近就正忙于给女王的宠物画素描。"勋爵解释说。

男爵夫人在特尔先生和勋爵的带领下，来到了教堂。她当着所有牧师和官员的面说："我希望博比死后，可以跟自己的主人埋在一起。"所有人听了这句话都非常震惊，特尔先生也不例外。

大家都不出声，因为他们心知肚明（心里明白但不说破，形容心中有数），一旦男爵夫人提出的事情，通过率往往都非常高，因为她有很高的威望和

人气。勋爵为了给大家提供发言机会，急忙解释说：

"夫人只是发表她本人的看法，你们如果有其他想法可以提出来我们一起商讨。"

"你们既然都不说话，那就这样决定了。我认为我们应当给牧羊人立一块纪念碑，正是因为他的存在，才让我们深刻地体会到爱。我之所以提出要给小博比立碑，是因为它非常的忠诚，认定一个人，就愿意用一辈子去守护。虽然它在社会上遭受虐待（使之遭受痛苦和羞辱）。但是它依旧克服重重困难，坚守自己的信念。小博比不会在意它死后我们会不会给它立碑，但是我希望通过这种方法，可以让这份美好和爱传递下去。"男爵夫人认真地说。

经过政府的审批，最终决定在乔治四世桥那里建一座纪念碑，这个位置正对着教堂墓地的大门。

nán jué fū rén qǐng le zhuān mén de rén lái gěi xiǎo bó
男爵夫人请了专门的人来给小博

bǐ huà xiàng kě shì huà jiā huà le hǎo jiǔ dōu zhǎo bù chū
比画像，可是画家画了好久都找不出

yì zhāng ràng fū rén tè bié mǎn yì de xiǎo bó bǐ yě bù
一张让夫人特别满意的，小博比也不

tīng cóng huà jiā bǎi bu tā bù tíng de dòng zuì hòu
听从画家摆布，它不停地动。最后，

xiǎo bó bǐ zǒu lèi le pā zài mù dì de yì jiǎo xiū xi
小博比走累了，趴在墓地的一角休息，

tā yǎn guāng níng shì
它眼光凝视(不眨眼地看；神情专注

地看；从高往低看；专注地看、注视

zhe yuǎn fāng zhōu wéi yǒu lán tiān hé
着某样东西)着远方，周围有蓝天和

bái yún de péi chèn huà jiā jí máng jiāng zhè fú huà miàn
白云的陪衬。画家急忙将这幅画面

jì lù xià lai fū rén kàn le fēi cháng mǎn yì yīn
记录下来，夫人看了非常满意，因

wèi tā sì hū néng gòu dú dǒng xiǎo bó bǐ xīn zhòng de
为她似乎能够读懂小博比心中的

xiǎng fa tā de mù guāng zhōng sì hū chuán dì zhe zhè
想法，它的目光中似乎传递着这

yàng yí jù huà zhǔ ren wǒ shén me shí hou cái néng
样一句话：主人，我什么时候才能

gēn nǐ tuán jù ne
跟你团聚呢！

nán jué fū rén shì yí wèi fēi cháng yǒu ài xīn de rén
男爵夫人是一位非常有爱心的人，

眼睛是心灵的窗户。小博比的目光充分体现了它对主人老约克深深的爱意。对于读懂小博比目光的夫人来说，它对主人的这份思念之情令她非常感动。

她正要离开的时候，看到特尔先生餐馆前有一只口渴的牧羊犬，她急忙吩咐特尔先生端来一盆水给这只牧羊犬饮用。

"我决定将小博比的纪念像放在喷泉中间，这样就可以给来这里饮水的动物做出良好的示范。"

时间在一天天流逝，好几个月转眼即逝，男爵夫人再次来到这座城市，因为她想要看一下纪念碑的进度如何，也想看看小博比最近过得好不好。

不知道小博比能否亲眼目睹（亲眼看见某个情景）自己纪念碑的模样，也不能想象当所有人知道小博比死去消息时的那种心情。

天气在一天天变凉，布朗先生担心上了年纪的博比睡在外面会生病，他和老伴主动将博比带进自己的屋中。博比也知道在这里待着会比较舒服，可是当屋门打开的一刹那，它还是习惯性地走了出去。因

为无论天气状况如何，都不能阻挡它陪伴自己主人的决心。

今晚是个雨夜，外面非常冷也非常寂静(没有声音；安静)，墓地中雾气重重，但是住在廉租房中的人依旧选择打开窗户点上蜡烛。虽然蜡烛的光非常微弱，但是这一点点微弱的光，传递的不仅仅是明亮，更是他们对小博比的爱和关心。

喜欢博比的小孩们纷纷伸出头，用甜美的童声跟博比说着：晚安！

这时候，博比在光线昏暗的地方，而他们在光线明亮的地方。小博比能够轻而易举地看到他们可爱的脸庞，听到他们暖暖的问候。就算以后小博比去世了，但是它的故事依旧会在这里继续传承(更替继承)，它的名气会随着墓地的名气越来越大。大家如果想念它，就可以过来墓地看

看它唯一留在世上的遗物——项圈。也许有一天，

在天堂中可以见到小博比，相信那个时候的它一

定很开心，因为它终于可以和老约克团聚了，他

们又可以过着以前自由自在的生活了。

名师点拨

　　小博比守候在老约克的坟前，就这样度过了自己的余生。可见它是一只非常重情义的狗。在现实生活中，我们也应当重情义，好好珍惜身边的每一个人。